破茧

叶灵 著

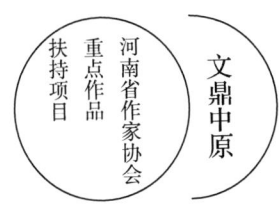

文鼎中原

河南省作家协会
重点作品
扶持项目

郑州大学出版社
河南文艺出版社

图书在版编目(CIP)数据

破茧／叶灵著. — 郑州：郑州大学出版社：河南文艺出版社, 2021.1(2022.3 重印)
(文鼎中原)
ISBN 978-7-5645-7548-9

Ⅰ.①破… Ⅱ.①叶… Ⅲ.①散文集－中国－当代 Ⅳ.①I267

中国版本图书馆 CIP 数据核字(2020)第 231107 号

破茧
PO JIAN

策　　划	孙保营　马　达	封面设计	小　花
责任编辑	孙精精　贾占闯	版式设计	小　花
责任校对	刘晓晓　殷现堂	责任印制	凌　青　李瑞卿
丛书统筹	李勇军		

出　　版	郑州大学出版社　河南文艺出版社
发　　行	郑州大学出版社
地　　址	郑州市大学路 40 号(450052)
出 版 人	孙保营
网　　址	http://www.zzup.cn
发行电话	0371-66966070
经　　销	全国新华书店
印　　刷	河南新华印刷集团有限公司
开　　本	890 mm×1 240 mm　1 / 32
印　　张	8.5
字　　数	167 千字
版　　次	2021 年 1 月第 1 版
印　　次	2022 年 3 月第 2 次印刷
书　　号	ISBN 978-7-5645-7548-9　　定　价　　35.00 元

本书如有印装质量问题,请与本社联系调换。

编委会

主　任 邵　丽

副主任 何　弘　乔　叶

委　员 刘先琴　冯　杰　墨　白　鱼　禾
　　　　　杨晓敏　廖华歌　韩　达　南飞雁
　　　　　单占生　李静宜　王安琪　姬　盼

自　序

　　仔细整理着这部书稿，熟悉而陌生。某段时光，某个瞬间，以及某种生活方式，在这里都成为一种私人历史。这一切，也终将成为过眼云烟。这是每个人都无法逃避的现实。在这场短暂的旅途中，我踽踽而行，收获着，也遗憾着。

　　家里许多旧物件，好几次整理时想扔掉，可我都舍不得扔。每件旧物，都隐隐散发着一种熟悉的气息。比如那个枣红色的老式香皂盒，是我刚毕业参加工作时父亲特意准备的。从小到大，不苟言笑的父亲总是用行动默默地表达着对我们的爱；比如母亲前些年戴着老花镜一针一线缝制的几双大头棉靴，我还压在箱子底，舍不得穿……我总是企图以物的形式，来寄存生命中那些不经意间的记忆与温暖。

　　对于生命中那些易被遗忘或铭刻的记忆，文字是最好的寄存方式。寻常的日子是最具质感的，它朴实入心，散发着烟火般的温暖。虽然时不时给人以强烈的痛感，但也会随即被涌来的平淡生活所湮没。在豫西小城，我在庸常中虚度着一个又一个无聊而单调的时日。在这里，生活以极简的方式进行着接连不断的复制粘贴，以期抵抗触手可及的生命与浩渺无际的宇宙。每天上下班，我总喜欢步行。因为这样便可以穿过那些熟悉的巷道，看看老店铺招牌上泛出烟熏火燎的痕迹，看着路旁的梧桐绿了又枯，枯了又绿。我的心里便会踏实许多。有时，我也会常常莫名地感动——就如在超市门口，遇见一个陌生的小女孩，非要追着送给我一块饼干；或者超市货架上安静陈列的新鲜蔬菜，还带着几滴清晨的露水。

我每天不停忙碌奔波于小城的大街小巷，像只不知疲倦的蚕在来回缠绕着不易被人觉察的细丝，等待时光在某个节点来温柔收割。我是孤独的淘沙者，固执敏感地探寻着来自小城底层生命和心灵的真相——早餐摊上那对起早贪黑的夫妇的平凡爱情，街道角落那个流浪汉捡到破烂时的简单快乐，配钥匙师傅门前那盆雏菊在黄昏中的靓丽，外卖小哥深夜打电话时的歉意，甚至自己经历的一次寻常手术的惶恐……尘世中，悲哀之余的仁慈，忙碌奔波的坚韧，乱象之中的坚定，四季流水庸常人生背后的隐痛，以及冷漠之后隐藏着的些许温暖——所有这一切，都散发着人性单纯而耀眼的光芒，让我拥有了直面现实的勇气，以及对这个世界的全部体恤。我开始体察生活中那些悬而未决尚未被言语的部分，与另一个自己对话，试图与内心深处的挣扎、精神困境的常态一一握手和解。

不仅仅是这些私人记忆，就是对于人类长河中的历史文化,我同样有着太多的痴迷。

有次,我和朋友一起去秦岭深山里的一个小村子,准备返回时,朋友突发想捎点土鸡蛋回家。此时,正好看到一位七十多岁的大爷坐在村边大槐树下,我们就问大爷家里有没有土鸡蛋。谁知话音刚落,大爷就说,我还不清楚,鸡蛋这事啊,都是屋里人管着,我是外边人,从来不管这些事。这里的"屋里人"指的就是家庭主内的妇女,"外边人"则是指主外的男劳力。没想到,在这偏僻的秦岭深山区,几千年农耕文化的基因早已深深融在人们的血液里。文化其实就是一种成为习惯的精神价值和生活方式。

无数次,我徘徊在荒败或喧嚣的历史文化遗址当中,捕捉着时光深处的隐秘气息。我总会感觉有一种强劲的气场,从远古而来,在身边激荡不已:一次次拜谒家乡的铸鼎原,在华夏文明的发祥地,感受文化基因隐隐萌发的蓬勃力量;南阳的一块块汉画灵石,洋溢着大汉文化的繁荣辉煌与博大精深;秦岭山下破败荒芜的城堡,依然传承着农耕文明的智慧;走进千年古关,一条明澈的精神隧道,带领着我汲取古老的道家哲学……这些永远鲜活在我追根寻梦的旅程里,文明起源、兴衰的脉络渐渐清晰。残留的文明碎片,隐藏着太多的文化密码。一只脚站在往事如烟的历史尘埃,另一只脚牢牢立足于现实大地,女性特有的感知,让我有幸触及其中所蕴含的人性光辉和文化精髓,以传递个人的体验和思考。

真正的作家注定是低调的,他活在社会深深的皱褶里,也活在自己的心灵与性情里，所以，才有幸看得见那些黑暗中的光线和阳光中的阴影，以及大地深处的痛点。

时光的纤足，翻越密集的褶皱，早已将自己磨得锋利而温柔。我渐渐明白，自己从何而来，又为何而去。

目 录

自序 1

上篇　耳语

耳语 3
半城烟火 29
飞蓬草 44
签字 65
谎花儿 76
时光的预谋 92
破茧 116
我的可疑身份 134

下篇　遇见

湮没的杨公堡 157

走过一座城 169

沉睡的王朝 179

雁门行 191

走出地坑院 210

一路向西 221

寻根铸鼎原 232

函谷沧然 250

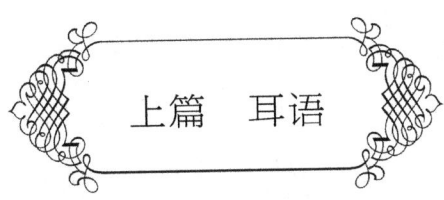

上篇　耳语

耳　语

一

呼吸着这座城市第二十六层楼上的空气，和站在城市的地面没有两样。目光所及尽是灰蒙蒙一片，和站在地面仰望天空也没有两样。时光如水，平静而单调——起床，洗漱，吃饭，打点滴，换药，量体温，在走廊上来回走几圈。或者在楼道尽头的阳台窗口，俯瞰脚下近处和远处的风景，发呆。脑子里好像在想很多问题，似乎又是一片空白。今天如昨天一样。

四十年的生命历程中，这是你最轻松散漫的几天，也是最为紧张恐慌的几天。世界归于寂静，仿佛一切都与己无关，因为你暂时是废人一个——一个几乎丧失全部听力的病人。耳语，是你与世界的全部关系。

在郑大一附院二号楼二十六层耳科二病区五号房间，十三床成了你暂时寄居的地方。在这里，所有人的名字被一一隐去，不论身份、地位，不管来自哪里，取而代之的全都是一个数字，这代号意味着每个人都只是一个病号。刚开始，护士大声喊"十三床——"，你半天都没反应过来，还帮着护士问，十三床谁呢，怎么不知答应。惹得美女护士哭笑不得。只有在打点滴的时候，名字才象征性地被护士提起："你叫郑毅吧？""嗯嗯。"有时护士像幼儿园老师，亲切地问："你叫什么名字？"你有些惊讶，稍顿片刻，赶忙回答："我叫郑毅。"十三床被叫惯了，你渐渐淡忘了自己的名字。编号提醒着你是病人，既然是病人，就要像孩子一样听护士的话，配合医生安心治病。而那个世俗的名字，几乎每天都要被亲人、朋友、同事、领导等不同人无数次地唤起，称呼的变化代表着多重角色的变化。瘦弱的你不断奔波其中，变换着人生赋予你的不同角色与责任，为其所累，却又乐此不疲。也好，十三床的编号，暂时掐断了俗世中许多是非之想，少了烦恼的纷扰。

很早就想着什么时候能歇歇，可生活的弦越绷越紧，走了一站又一站，眼前的路在无尽延伸，想法总是被这样那样的借口搪塞忽略，哪怕是片刻的闲暇。时光一闪而过。你从来没有想到，当有一天，透支的弦会"嘭"的一声断了；你没有想到，自己会被送到这里来检修——在这从小到大就让你恐惧的医院里；你没有想到，你的想法终于在此落地。

在学校，每天凌晨，摸黑起床，要到教室辅导；上课、备课、批改作业加上各种琐事，一天就从眼前一闪而过；晚上，自习后到宿舍查完寝室，已是星光点点，你才迈起回家的脚步。一天又一天，一年又一年，年年如斯——教学的压力，学生的淘气，琐事的困扰，家庭的负担，二十多年来，你如蜗牛一般负重前行，又如陀螺一样快速旋转。

这是平生你第一次住院，除了承受身体上的苦痛外，早已没了太多的紧张和恐惧，你竟然有种"胜利"大逃亡的感觉——不用疲惫奔波于上下班的途中，不用忙碌于生活众多的琐碎，不用考虑一日三餐的安排，不用煞费心机地周旋于各种应酬之中……逃离生活原来的轨道，一切都暂时隐去，只剩下纯粹的轻松。还有镜子里的那个你——头上紧缠的白色绷带，绕过右耳的发髻，沿着眉际，包住左耳边垫的一层又一层的药棉与纱布，一匝又一匝，缠得厚厚实实。耳道里，耳郭内，耳郭外，全都被纱布、药棉塞得满当当的，左边像挂着一个偌大的白色耳机。头被如此禁锢起来，木木的，走起路来，总觉得不平衡。镜子中的你，像极了刚从战场上下来的英勇负伤的战士——一场没有硝烟、没有选择的每个人都不可避免的战争。

一日三餐，成了你一天最大的兴趣。你像个孩子似的渴望与挑剔，每天绞尽脑汁地想着什么东西好吃又营养。向来被你忽略的肠胃，瞬间娇贵了。蛋奶肉粥轮换着，你不敢用左边的牙齿咀嚼食物，虽然医生只是建议，你还是坚决彻底执行医嘱——只用右边牙齿小心地咀嚼。你像蛰伏了一冬的麦苗开始泛青，在春寒料峭中苏醒，逐渐恢复着活力。头部的伤口处和耳道里，隐隐传来一阵痒痒的感觉，仿若无数小虫在里面不停蠕动——你感受着来自头部任何一点点的微妙变化，每天及时和医生沟通。你从没有这样入微地关心过自己，你莫名地感动——不知是为自己而感动，还是为自己感受着这一份好而感动。这是平生第一次。许多时候，生活中有太多你总认为很重要的事——工作不能马虎，写作不能马虎，职称不能马虎，买房不能马虎。而从来，你都认为吃饭可以应付，休息可以忽略，身体可以透支……生病的最大好处就是，把最重要的事渐渐变得不重要起来，让人重新认清生命的本质，回到生活的最初——在这俗世中依然充满热爱地活着，活得像一株葳蕤的植物，像一位真正的英雄，耽美于每个清晨与黄昏，只有每天按时升起又落下的太阳，与你的距离最近。

　　与你的距离最近的太阳，把你带到了精神的原乡。透过楼道尽头的窗玻璃，阳光被切割成不规则的方形条块，印在窗边的地面——像极了故乡低矮瓦房的木格子窗把阳光切成方块影印在炕上，炕头是忙碌的母亲。你尽量让整个身体完全沐浴在阳光之中，让身子暖和些，再暖和些。阳光懒懒地斜照着，你有些发迷。这种温暖慵散的感觉，容易让人沉迷，就如红酒于一个小资女人般的诱惑。地面上的方形条块不知何时也已变窄、变细，细成一条线，最后突然逃离窗口，完全消失。窗外，夕阳的光也在西边的楼群中沉了下去。

不知谁说了句，明天还是个大晴天。

嗯，那就好。

二

我知道，拯救耳朵不能再拖了，但没想到要做手术。这完全是意料之外的决定。

大夫挪开小小圆锥形的黑色耳窥镜后，以嗔怪的口气对我说，怎么这么迟才来？双耳耳膜已经穿孔，时间太久耳膜周围已钙化，你还年轻，手术吧。看似商量的口气中有一种责备，还有一种不容置疑的权威。是太久了，七八年前，我已知耳膜穿孔，听力开始下降。无奈工作、孩子、家里等一堆琐事，一拖再拖。我对自己的耳朵充满了愧疚。

那就手术吧，迟疑片刻，我做出了决定。这样的决定在意料之外，又在意料之中。虽然来医院之前，我泡在网上，查阅了许多相关的资料。但医生的建议多少还是让人始料不及。要手术，术后效果怎么样，还得向单位请假，安排家里的事宜，考虑谁来照顾我，还有……一连串的问题如水泡一样从头脑里"噗噗"地冒了出来。以前总忙碌于生活之中，只知不断向前行走，可现在，真要停下来休整，自己倒显得有点手足无措了。

强烈的耳鸣，常常困扰得我精神恍惚不堪——时而如火车过山洞般轰鸣，时而如万千春蚕，在黑夜里咀嚼着桑叶，所有的声音仿佛都聚集而来，又呼啸而去；窸窸窣窣，却又洪大无比……耳痛的折磨，听力的锐减，不知自己遇到过多少为人所知和不为人所知的尴尬与窘迫——有时听别人低语，我就看她的口型去揣摩意思；有时回答别人的问题，所答非所问；尤其是别人的悄悄话，在我听来总是含含糊糊，又不好意思去问；在家我从来不看电视电影，要看的话，也只看带字幕的……所有这些常常让我暗自神伤，却又无所适从。即便生活中的尴尬我可以忽略，可是当我的世界离各种美妙的声音哪怕是熟悉的噪声越来越远时，我突然有种被抛弃的感觉——不知是我抛弃了生活，还是我被生活渐渐疏远。我仿佛是个有点痴呆的老人。于我，左耳差不多已形同虚设。右耳也如断壁残垣，在最后坚守着，或许在将来某一个不确定的点上，轰然倒塌，湮没所有的声音。我的世界将一片沉寂。

　　我手术——这仓促的决定，使自己终于摆脱了长期困扰的恐惧，然而瞬间它又把我拉扯进另一种暂时无法预料的未知惶恐中。我与世界的关系，纠结于一只耳朵。住院部，办好入院手续。戴上手环，我被送到了指定的位置。看着大厅里，楼道里，电梯里，到处是熙熙攘攘的人群，很是热闹，而我却不是来凑热闹的。

　　条形湖蓝色的病号服，像一个宽大的袋子，不由分说地把我装了进去，袖筒和两条裤腿空荡荡的，愈发显得我瘦弱了。病房的其他病号——都是中年妇女，邻床十四号是耳朵失聪，看着好像没有多大苦痛；十五床是面部肌肉萎缩，说话时嘴巴歪斜着，含混不清；十六床是因为耳疾眩晕，走路时，像刚学步的孩子摇摇晃晃的。

世界改变了，因为耳朵，这些形形色色的残肢败体，就是我的社会关系。

怎么看，镜子里的我也不像个病号。但现实不得不让我清醒。我与他们打了招呼，拿着一沓子需要检查的单子——血、尿、CT、耳窥镜、心电图、胸透、听力测试……我像是一个进入预定程序的机器，一道环节接着一道环节。一个人挤电梯，上楼，下楼，门诊楼，病房楼，排号，等候，检查……时间一点点在冗长的等候中消逝。面对着各种各样形态各异的检查仪器，明知道只是检查，可我还是感到紧张。检查耳窥镜清理耳道时，"吱吱——"的机器转动声，瞬间幻化为无形的细针仿佛要刺透耳孔，穿透头骨。检查完毕，紧握的手心汗津津的，我下了检查台，竟然眩晕得迈不开步子，扶着墙壁坐在旁边的椅子上稍事休息才好点。也许，苦痛与幸福只是人的一种心理体验而已，由于紧张而无形夸大的恐惧，往往比实际感受到的苦痛要强烈。同样，由于憧憬而带来的幸福，也往往比最终的结果持久而浓烈。我像做错了事的学生，把自己交给这些冰冷的仪器，照来拍去，等待着宣判。

医生告诉我，鼓室成型及筋膜切取手术，就是从耳朵颞肌上取一小块筋膜，然后从耳后开个口子进到耳朵里面，最后把筋膜贴在鼓膜破损处，让它们长在一起，听力就会慢慢恢复。医生微笑着，向我叙说手术的过程，聊天一般，一种略带刻意的轻松随意。她给人一种踏实与温暖的感觉，让我暂时忘却了手术的紧张与恐怖。我又详细询问了术后的一些情况，这才放心。此时，我依然简单地认为，耳膜就像笛膜，笛膜破了，就换张贴上。若没了笛膜，干脆就找块薄纸粘上，不就是效果差点。而手术，就是给笛子换笛膜。我这样一想，心里就没啥怕了。我给家人打了电话，说手术第二天就没事了。母亲不放心地一再叮嘱，再小的手术也是在头上开了个口子，那就是大事。

  医生决定明天早上手术，我是第一个。手术前签字。当我翻看着十几页厚的术前协议，那些诡谲的条文睁着狰狞的大眼。我潜藏的恐惧一下被唤醒，迅速传遍全身的每个细胞。心脏"咚咚"乱跳，那些诡谲的条文幻化为一个个可怕的画面。"手术会疼吗？流血多吗？术后耳膜多长时间能长好？有没有不能长好的情况？听力能确定恢复吗？听力能恢复到什么程度？手术后多长时间能下床活动？这样的修补手术在全国应该是比较先进吧？……"我没完没了地问着，其实有些问题在网上已经了解，大可不必再问。但我还是一一地问一遍，似乎想从医生的回答里得到些安慰。然而，问得愈多，我愈发觉得心慌。

  到底做还是不做手术，我甚至有些犹豫，仿佛踩在一个找不到平衡点的跷跷板上，晃来晃去。手术协议上的条条框框，黑字白纸，每条几乎都把可能发生的不测归咎于患者。万一怎么办？谁也不能保证百分之百不出问题啊！是签生死协议……医生很有耐心地一条条解释，我却感受不到刚才的温暖与轻松。但已无选择。就把自己交给医生吧，既然我已主宰不了什么。我在第一页右下角的地方，飞速提笔，写下"郑毅"两个字。在写"毅"的时候，手不知为什么一抖，有点歪斜，没有了平日的潇洒。翻到第二页，大概看了一下内容，上面有许多看不懂的医药术语，我提笔在第二页的右下角，又签上自己的大名，试图比第一个签名潇洒一点，还是不尽如人意。接着，第三页，第四页……最后我连内容都不敢看了，直接找到签名的地方，放慢速度，如练书法一般，一笔一画地写上姓名，一次比一次用力。只是，呼啦啦地翻来翻去，十几个签名下来，我始终没有找到潇洒的感觉。

麻醉师拿了四五张表格，例行公事地一项一项问我，有没有什么病史，有没有什么药物过敏，身高体重有多少，最近身体状况怎么样……我一一回答。全麻会是什么样子？是不是没有任何知觉和意识？和人死去差不多？我揣测着。记得拔牙的时候，牙医用了一点麻药，半天整个脸都木木的。一想起牙医用钳子和锤子使劲地在嘴里敲打的钝声，我就毛骨悚然。想着，左耳似乎传来了阵阵隐痛。签完了名，我算是把自己彻底地出卖了。回到病房，有人问，术前协议签了吧？我点了点头。没事了，术前协议就是例行公事，走走形式。有事了，就是和阎王打个招呼，帮医生推卸责任。医生也是人，谁都有疏忽的时候，但协议一签，医生就可以没有任何责任了。我的一个亲戚，在县里医院做了耳朵手术，回家后反而比以前更重了，后来一检查，妈呀，原来耳朵里还藏着一块纱布……签署协议引起了这位病友的滔滔不绝。我心里更不踏实了，只有自己安慰着自己——这是在大医院，医生水平高，要求严格，应该是没问题的。

护士让我去剃头。一个十几岁的男生，半边头已经剃得光光的，另一边还留着长长的头发，阴阳头一般。我一见，赶紧堆起笑脸给护士商量，能不能给我少剃点？不然出去都没法见人？谁知那护士一听，就厉声说道："治病要紧还是好看要紧？手术消毒是有规定的！"我只好不语，就听人家摆布吧。一小撮一小撮黑黑的长发，划过肩头，飘落到地上。生病了，优雅也就成了一种奢望。只有生命机体健康充满活力的时候，优雅才能更加从容。

"呵呵——"我哭笑不得。

看着镜子里的自己——左边是光秃秃的荒山，右边是茂密的森林，中间扎起的四个小辫就如四棵小树一样高耸在头顶，真有点武林高手的范儿。

我不知明天将要面对的是什么，茫然而又无助。盼时间过得快点，又希望时间能慢点。我已被时光不由分说地卷进了一个黑洞，越陷越深，飞速下坠，跌落。

三

露从今夜白。夜气渐渐透出一些凉来。明天就是白露了。

你呆呆地坐在床上,一动也不动。你在想什么呢——是想在校的孩子,还是明早的手术?病房的电视开着,一部无聊的电视剧没完没了的。正巧,屏幕上出现了医院手术室的画面——在无影灯的照射下,医生拿着血淋淋的刀子、钳子之类的器械,在病人某个部位忙碌着……突然你打了一个激灵,赶紧把头扭了过去。

霎时,恐惧与不安如开闸的洪水倾泻而来,你张开全身的毛孔,随时准备着抵御突然而至的疼痛。

走出病房,楼道里有几个病号头上缠着厚厚的绷带,一侧是圆圆一大坨纱布。你同情地看着他们,至少暂时是这样。你和一个病号聊了起来,知她是前两天做的手术,你像抓住了一根救命稻草,不厌其烦地询问手术时的各种细节,而她只是笑笑说,手术时全麻,啥都不知道。没事,不用害怕,就是术后难受点。然而,她越这样说,你愈发感到无所适从。明天术后,会不会也有人用同情的目光看着你?

病房里,其他病号还一如既往地沉浸在刚才的电视剧里。刚坐下没几分钟,你去了趟卫生间。没过几分钟,你又去了卫生间。短短不到半个小时,你出出进进,跑了五六趟。最不知所措的时候，正巧朋友来看望你，带了一本书，还有一束鲜花。他知道你喜欢文字，书或许是你最好的安慰。百合素洁，金菊怒放，绿叶葳蕤，那束鲜花给病房增添了许多温馨。朋友和你闲聊了一会儿，关于生活，关于生命，关于健康的话题，也许在这里，这样的话题更妥帖些。而关于文字，一字未提。当生命不再充满活力的时候，人生任何的缀饰都将无处附着。你草草吃了晚饭。七点整，翻了几页书，你读着书里的故事，却想着书外的事。书里的故事结局已定，而书外的故事正在继续，结局却还是未知。

　　弟弟的电话响了。姐姐的电话响了。母亲更是不放心。九点整，先生来了。你悬着很高的心，终于落下一点。

　　对你，今夜注定是个难眠之夜。你被梦魇一次次无端惊醒，黑夜中，床牌发出蓝莹莹的亮光，上面有你和医生、护士的名字。你就把自己这样交给了他们，想起医生护士和蔼的笑容，你心里稍微有些安慰。其他人都熟睡着，偶尔响起打鼾声。寂静总是无由地拉长了黑夜的长度。黑夜如一道深不可测的沟壑，四周黑乎乎的，找不到出口。你一次次看看时间，一次次透过窗帘的缝隙看外面的天色。

　　五点半，你就起床了。洗漱完毕，整好头发，你静坐在床边，等待着，仿佛迎接着一个无比隆重的仪式。你不停地摆弄着右手上的手环，这个未知的仪式，让你有些茫然不安。

　　六点半，手术准备室门口。十几个病号，有孩子，还有老人。门口的凳子上坐着几个病号。病魔的光顾从不顾忌年幼尊长,看来每个人都得独自面对。楼道里人很多,但很静,没人大声说话。深秋的早上有点凉,先生把外衣披在你身上。

七点多,你换上消过毒的鞋子,戴上深绿色的头罩,被带进了手术准备室。有的家属不放心,反复交代叮嘱着。突然间,你有种生死离别的感觉。先生紧握着你的手,一再宽慰。当你走到楼道拐角处时,回头望了下,见他还仰着脖子朝这边看着。一个多小时,很快就会过去的,你对自己说。时间仿佛被空气凝滞了一般,每一秒钟都是那么缓慢而从容。

准备室里,白与绿主宰了一切。靠墙是两排手术床,已经有好几个病号躺在床上,挂着吊瓶。陆陆续续,进来的病号越来越多,有的随手提着尿袋,身着绿色衣服的护士在忙碌地扎针,挂吊瓶。偶尔有大夫进来把病号接走。来来去去,这些零件受损的人,都被送来检修。

你的手太胖,血管又细,加上天凉,那个漂亮的护士找了半天,才扎上。扎针时,你盯着护士的眼睛,小小头像在清澈的瞳仁中一闪一闪,你企图看清自己。护士藏在口罩里的微微上翘的鼻头,随着呼吸一张一翕,调皮而活泼。这暂时转移了你的注意力。当她有所察觉,无意瞟了一眼,你像小偷一样惊慌,赶紧把目光移走。吊瓶滴管里的药液不慌不忙地滴着,"一滴,两滴,三滴……"你在心里默数着。

被带到手术室，你如一个迷路的人，误闯到一片没有边际的荒野。五六个医生，戴着头罩、口罩，穿着手术服，全副武装，神情平静。各种或高或低的仪器，伸着长长的臂膀，居高临下地在你头顶张牙舞爪，面孔狰狞。巨大无形的恐慌，瞬间从各个方向跳出，一步步向你逼迫而来，慢慢挤压，令人窒息……你像是一个可怜的俘虏，面对未知的世界，孤独而无助。手术台上的你打了一个冷战。"还冷吗？"主治医生微笑着，不等你回答，她又拿了一条被子盖在你身上。你深呼吸了几下，知觉又回到了现实。你努力笑了笑，算是感激。头顶的仪器与你对峙着，你揣测着它将会怎样对你下"毒手"，你将怎样任其"宰割"……你的眼前被好大一片嫣红所充斥，好似一朵绽放的花儿。你有点眩晕。

再次量血压。正常。怎么可能正常呢？反正医生只相信那些仪器。一切准备就绪。就在麻醉师和你说话的瞬间，突然，右臂上一股强有力的液体疾涌进血管，你猝不及防，大声"啊"了一声，"我——"，你才说出一个字，嘴便被捂住插上了氧气管，倏尔全身好像被什么所融化，眼前闪过父母的笑容，意识渐渐模糊，几秒钟便什么都不知了。

顷刻，你的世界归于空白。

…………

事后你听先生说，他和弟弟一直守在手术室外，眼盯着大屏幕，在一页一页不断滚动的字幕中寻找着你的名字。每屏有二十余例各种手术，几乎排满了七块屏幕。"正在手术准备室""正在手术中"……每隔几分钟,他们都会盯着屏幕,一行一行地找你的名字。看到你的名字,就感觉你和他们在一起。就这样,八点,八点十分,八点半,九点,九点十分,九点二十,九点三十,九点四十五,十点二十……结果等到十点半了还不见手术完毕,听医生说手术最多一个小时,他们都不安起来,心悬得老高。父亲的电话一个接一个,姐姐的电话一阵紧似一阵,他们恨不得冲进手术室看个究竟。终于,他们看到屏幕上出现"已进入手术恢复室"的字样。

几颗心终于暂时落地了。

四

周围一片模糊。

眼皮好像被胶水黏住了一般,我使劲地睁开眼,可是眼睑刚刚打开一条缝,又困乏得合上了。

好像睡了好久好久,我从一个悠长的梦中走来。可关于梦的内容我却怎么也想不起来。转转头,沉沉的,还能活动,我还活着。渐渐我有了一些意识,但全身像被什么魔咒禁锢着,动弹不得,又如刚刚生完孩子般地虚脱,似用尽了最后一丝力气。

我又迷迷糊糊地闭上眼。

"哦,醒来了。""把眼睁开啊,千万不要合上眼,一会儿就送你回病房。"几声甜美的女声响起，正要坠入梦境的我又被唤醒。回病房？我在哪里呢，我不是在手术室吗？这时，感觉有人从我嘴里拔掉了氧气管。眼前仍是黑乎乎一片。"醒来，坚持会儿就好了……"声音此起彼伏。像是对我说的，又像是对大家说的。温柔的声音，像母亲在远方呼唤着我。我告诉自己，得听从这种召唤，去见她，必须，尽快。姐姐、弟弟、先生他们都在等着呢。可是，不争气的眼皮沉得怎么也抬不起来，我把全身的意识全都集中在眼睛，黑暗中仿佛有一块巨大的磁石嵌在眼皮下面，无尽的黑如一口幽深的井，拉锯般与我进行着较量，可我动弹不得。不能闭上眼！我怕自己一旦闭上眼，就会被无尽的黑暗所吞没，永远跌进没有意识的深渊。好不容易，我终于看到一些模糊的亮光，用尽全身的力气坚持着，像顶着千钧之力。激动的我感到一股濡湿的暗流涌了出来……

想起十几年前的一场车祸，当车子翻空坠崖的那一刻，巨大的死亡恐惧袭来，那一瞬间，父母的面容从我眼前闪过定格。生命的血缘总有一种冥冥的牵挂，在生命遭受强烈刺激之时，它总能释放出一种耀眼的光芒和巨大的温暖，让人无所畏惧。

手术日期：2015-10-7　09：07—2015-10-7　10：28
手术经过：1. 取平躺位，全麻满意后，患耳向上，常规消毒、包头、铺巾；2. 取左耳上一横指处切口，取颞肌筋膜备用；3. 做左耳内切口，尖针切除窗口周边0.2mm，搔刮鼓膜内壁制作移植床，游离锤骨柄，清理锤骨柄周围上皮组织。于外耳道后壁距离鼓环0.5cm处，做一12点至6点环形切口，向前分离外耳道皮肤鼓膜瓣，鼓室内填充适量浸有地塞米松的明胶海绵后，自皮瓣下方内置入备用之筋膜，复位皮肤鼓膜瓣，外置浸有地塞米松明胶海绵，碘仿纱条填塞外耳道、缝合、包扎切口，术毕。

    这段文字是我后来在手术记录卡上看到的。它无意闯入我的视野，客观而翔实的记录，在我读来，每一句，都如一枚无形的闪亮银针，一种真切的隐隐钝痛，在头部蔓延开来。我不由闭上了眼。在整整八十一分钟的时间，我的生命里，就这样突然空白，没了声音，没了色彩，没了光影，没了知觉，没了意识，更没有了记忆，什么都没有。我暂时从这个世界突然迷失走丢。属于这段时间的所有，也从记忆的芯片上被无端抹去。唯一能找到的，就是这几行字了。而这几行字，却在瞬间仿佛鲜活了所有的记忆。

    十一点半。术后观察室。病床上的我被各种插管绑架得动弹不得——鼻孔的氧气管，臂上的血压计、挂的点滴，胸前心电图检测的几个按钮。头部早已被一层一层的纱布捆绑得严严实实。六个小时之内，不准吃饭喝水，不能翻身起坐。我又迷迷糊糊好久（据事后证实，是两个小时）。想下床去卫生间，先生不让，就在床上给我接小便，我突然间不好意思。他命令道，来，都成什么样了还不好意思。于是，我就心安理得地享受着作为一个病人的待遇。

　　电话又陆续响起，母亲的，姐姐的，朋友的……我强打精神，有意提高声音与母亲说话，告诉她一切都好，再过几个小时就可以吃饭了，明天就能下床活动了。骨肉相连，时空的距离是阻挡不了亲情的感应。我知道，自己不仅仅属于我一个人。他们在短短几个小时中所受的煎熬，要远胜于我身体所受的疼痛。

　　连续几个小时身体保持平躺的姿势，是一种煎熬。尤其是腰，似有一把锤子在不停地敲打着，钝钝地痛。全身好像钻了无数的小蚂蚁，在里面肆无忌惮地猖狂。我稍微把身子右倾，才几分钟，那灵敏的监测仪器就"嘟嘟——"叫起来。无奈，我又恢复平躺。口干舌燥，十多个小时没有喝一点水，嘴唇裂起了一层干皮，先生每隔几分钟，就用棉签蘸点水抹在我的唇上，不一会儿，又像火烤般干燥。我受着这样的优待，可心里还是焦躁不安。对面的病号是个孩子，已忍不住乱叫乱骂起来。我在心里也开始骂起自己，平时忙得和陀螺一样，总盼着能有空歇歇。可现在，却躺不住了。全身困麻，麻药还在起着作用，尤其是双腿，胀痛得不敢触碰，仿佛有无数细针在刺扎，忍不住让先生揉揉，一停下来，就又开始钻心地疼。我不停地问时间，可时间却蜗牛般不肯快点。肠胃也开始抗议了。对面的孩子又开始歇斯底里地喊骂。我内心开始烦乱起来。一秒一秒……

母亲又来电话了，问我吃了没有，嘱咐我吃点炖鸡蛋，或者豆腐脑，喝点小米粥。我不争气的眼泪又流了出来——就像小时候好多次依偎在母亲怀里莫名其妙地委屈流泪。从小长这么大，总是嫌弃母亲太啰唆，大多时候都把她的话当成了耳旁风。也许，此次耳疾是冥冥之中注定的。

应该是的。我想起去年暮春时节的一个晚上，我和朋友去拜访一座寺庙的住持。这位住持三十多岁的样子，笑容神态，很有佛相。他给我们讲了许多禅理。当我告诉他自己得了多年耳疾时，这位住持笑笑说，世间凡事都有因果，以后还是多听听父母的话就是。我心一惊，细想所言也是。比较任性的我，在人生大事上就没有听父母的建议安排，平时也常把他们的叮嘱丢之脑后。我总是坚持活在自以为是的世界里，固执地一路跌跌撞撞，每当我即将跌倒之时，父母总是及时地把我扶起。我亏欠父母太多！这次算是对我的惩罚吧，我心甘情愿去承受，祈愿能换来父母的安心健康，从此不再为我操劳。

五

清晨六点。二十六层的楼道上，朝霞透过楼道尽头偌大的玻璃窗，斜斜地倾洒进来。阳光晕染出橙红的一片，一绺金黄，沿着长长的楼道向尽头延伸，越朝里光线越暗，像极了窄窄的耳道。

楼道里很寂静。大部分人还在熟睡之中。你在楼道里来回地走着，阳光在你的身上调皮地晃来晃去。你把右耳朝着窗外，阳光一下子灌满了耳道，痒痒的。不一会儿，楼道里就开始嘈杂起来。

一个两三岁的男孩，拿着辆红色的玩具小汽车在楼道里玩，他的母亲跟在后面。孩子和我一样，头部缠着厚厚的绷带，一只手背上还扎着流置针管。但这些丝毫不影响他玩的兴致。玩到高兴处，男孩跳着蹦着，不时传来清脆的笑声，扬起的小胳膊，在金黄的阳光中，就像两只翅膀在闪动。你也被感染了。从他母亲那里得知，男孩和你是同一天手术的。孩子单纯，一心想着去玩，所以对他来说，时光是快乐的；而你，却放不下眼前，忽略不了身体的疼痛，所以对你来说，日子就是煎熬。看着男孩因兴奋脸庞泛出红润的气色，像极了一位可爱的天使。

"今天又是六百多！就是输液和换药，怎么还这么多呢？"邻床的大嫂又嘟囔了几句。只见大嫂两口子拿出一沓结账单，一张一张地看着，算着。他们是从许昌农村来的，男的是木匠，在北京打工，大嫂就在家种地和照顾孩子。有两个孩子，一个在西安上大学，一个上初中。"一天就只换药和输液，这下来也有七千多了，人家做手术也不过这么多。"你瞟了一眼结账单，今天又是九百多，入院不到十天，快一万了。账单把你又带回了现实，这一住院又得你几个月工资了。你坐着开始发呆。

她进来了，也是一个病号。她是你前几天刚认识的新乡原阳的闫老师，因是教师，又都是教语文的，共同话题自然就多了些。最让你感到震惊的是，高级职称的她，每月工资竟然才领两千七百多，还不如你的中级职称高。她平静地向你叙说着关于学校里的事，说一个老师一件羽绒服竟然穿了十年，舍不得换新的；说自己的耳疾早都该治了，就是孩子小，暑假儿子刚考上了上海交大，她也放心了；说原阳的房价快3000元一平方米了；说家乡的特产原阳大米好，是用黄河水浇灌的；说早就听说灵宝的苹果可甜……你们聊得很投机。正说着，你接到朋友的电话，朋友兴奋地告诉你，今年高级职称的指标下来了，她终于有了一个指标。你为这位朋友高兴，每年到评职称的时候，快五十岁的朋友总是免不了为此烦恼不堪，虽然她已是县里小有名气的骨干教师，可不善言辞的她只能一年年地错过机会。是的，身处俗世，就如雾里看花，每个人都会为这样那样看似无比重要实则鸡毛蒜皮的事而纠结苦恼。前几天，你还为工作的琐事而烦恼不堪，还为一些虚名浮利而耿耿于怀，还为人情世故的虚伪而伤心不已……而现在，这一切在以前看来特别重要的事，突然间变得无足轻重。你笑了笑，为此刻身心俱轻的自己。人生，或许只有此时，才会幡然醒悟。

午饭后，你和邻床的中年夫妇一起到医院附近的河边散步。十几天没有下楼的你，看到清清的河水，两岸如茵的草坪，和煦的阳光，还有徐徐的微风，一切原来这么美好。草坪上，小路上，河岸边，有许多人在散步或闲坐。你与邻床大嫂唠叨了半天，得知他们生活的艰辛与不易，大哥一年打工攒的钱供着两个孩子上学，相当于你们两人一年的工资。这几天吃饭时，他们早晚总是喝点粥，吃块馒头，午饭则泡包方便面。你心里很不是滋味。但看着他们幸福的笑容，你又释然了。大嫂两口子，勤劳吃苦，省吃俭用都是为了儿女能有个出息，多么朴实的愿望。我善良的父母，还有许多人，都莫不如此吧——他们面对生活的苦难，是如何弯下身子，虔诚坚韧地累着痛着，却从不说苦。

  从草坪上起身要离开的时候，你发现胳膊上竟然爬了几只小小的蚂蚁。看着小蚂蚁惊慌失措的样子，你用指头一只一只地轻轻捏住，蹲下身子，把它放在草地上。蚂蚁会不会得病呢？身体庞大的人的生命都是如此脆弱，更何况这小小的蚂蚁。你神经兮兮地自言自语……蚂蚁会不会迷路找不到回家的路？一只蚂蚁能活多长时间呢？……

  晚饭后，病房里又推进一个病人，穿着深绿色的衣服，这个病号是手术室的医生，有五十多岁的样子。怎么，医生也得病？在你的意识里，医生好像与病无缘。一进来，她就昏睡着，时不时地呕吐，一直到第二天下午才有所好转，吃点东西。唉，看来病魔面前，医生也在劫难逃。我们也都轻言慢语，病房里安静了许多。

  不觉已是万家灯火。站在二十六层楼上，俯瞰远方的夜空，静穆而深邃。黑夜的城市，远处的路灯如繁星点点。弧形伸展的立交桥，纵横交错，点点路灯连成一条光线，向远处延伸。桥上的小车，像密集的萤火虫不断蠕动着，渐渐分散，然后向东、向西、向南、向北……光点由亮减弱，最终湮没在夜色之中。生命会不会也如这黑夜中的萤火虫，茫然地飞来飞去，最终被黑夜所吞没？

快十点了，你转身回病房。楼道里，一位五十多岁的保洁工还在忙着拖地。你们每天都打招呼，很熟悉了。你知道她们晚上十一点下班，第二天早上五点半就要到岗。一天到晚都在病房区忙碌着，简单而繁重，一样接着一样，甚至病房墙壁和病床腿脚上细细小小的凹槽，都要用棉签蘸湿沿着沟槽来回擦拭干净。而一个月下来工资只有1350元。除此之外，唯一的外快就是捡些废纸箱和空瓶卖钱。在这座城市，这点工资恐怕也只能喂饱肚子。你常见到她在楼道的拐角处，坐在小凳上吃泡面。你问她，这样一天累不累。她笑了笑说，累什么，早都习惯了。有次，她悄悄用水浸湿几个空纸箱，你笑笑装着没看见，便转过身走开。生活的重负长年累月如此运转，对她已成为一种惯性。这点微薄的工资就是她生活的全部希冀，干着，心里就踏实，活着，也就有了盼头。相比之下，你的痛，你的累，就未免显得缺少些粗粝的质感。

回病房前，你对保洁工笑了笑说，干完赶紧回家吧！

六

在我的一再要求下，医生终于同意让我周六上午出院。周六孩子要回家。

周六早上，医生一层一层拆掉裹在我左耳上的纱布，拆掉耳内伤塞的一团紫红色的药棉。霎时感觉头部空荡荡的。一点点声音，整个脑袋就轰隆隆地响。还不适应吧。

办完出院手续，我脱掉病号服，换上自己的衣服。十三床，别了。我与病房的人一一道别。十多天的相处，纯朴善良的他们，总有些点点滴滴让人念念不忘。走出医院大门的一刻，我知道，生活中眼前的这场战争早已在等着自己了。

邻床的大嫂本来是要和我同一天出院的，结果突然改变了主意。他们前一天才得知，医疗费在九千元以上的报销比例可能高些，而现在他们离九千元也就差几百元，所以他们想再住两天，这样将来就可以多报销一点。

一路西行。火车在黑夜里疾驰着。虽是卧铺，但刚取掉耳内纱布的我，对外界的声音还很不适应，"轰隆隆"的鸣响钻进耳内，透过头骨，整个脑袋仿佛要爆炸一样。

下火车已是九点多，我直奔父母那里。姐姐、姐夫也在等我。家，给我的永远是一种温暖的归宿感。每次远行归来，我都有这种渴望。而今天归来，我却感觉好像离家太久太久，内心充斥着一种强烈的愿望——快点见到亲人。热乎乎的饭菜，关切的问询，家的浓浓的温馨瞬间消除了身心的困顿。我装着没事的样子，说着笑着，对手术的事轻描淡写，但母亲一见我瘦弱的样子，一看到头上刚刚拆线的伤口，忍不住悄悄抹起了眼泪。

离开父母的家，小城已是万家灯火了。凉风徐徐吹来，熟悉的街道，温暖的路灯，夜气里也弥漫着一种亲切的气息。小城，我回来了。明天，或许是个全新的日子。不管怎样，我还是要回到原来的生活轨道，继续在小城里过活。

青菜炖豆腐、菠菜炒鸡蛋、排骨炖萝卜……莲子百合粥、红枣枸杞粥、南瓜小米粥……苹果、香蕉、柚子……做饭、读书、晒太阳……我给自己列了长长的食谱，安排了作息时间。我完全是生活的主人了，日子由自己全权做主——我每天享受着这份惬意，自己从来没有如此细细品味过生活的味道。也许，这种极易达到极易满足的平淡生活，才是幸福的要旨。只是以前，可惜这些都被我所忽略。总以为，忙忙碌碌的疲惫追逐，才是抵达幸福彼岸的捷径。殊不知，在不知不觉中，这样反而渐渐远离了生活的本初。我像个小孩子一样开心激动，仿佛突然间拾到以前丢失很久的珍宝。

一周后，我上班了。很快，生活的节奏又恢复到了以前，各种琐事纷涌而来。力不从心，再次攫住了我。渐渐地，一日又一日拨转着，生命又如陀螺一般旋转起来，愈转愈快。生活的魔咒，如约而至。头部时不时就会传来一阵隐隐的胀痛，我知道，这种真切的疼痛并不可怕，真正让我恐惧的是自己再次陷入一种虚无的恐惧中——为周围的聒噪，为生命深处灵魂不停的叩问。

或许，生与死就在一呼一吸之间，迷与悟也在瞬息闪念之间。此时此地，彼时彼地，迟疑之间，反复之间，蹒跚前行。人生何尝不是一场修行？

耳语结束，我用心与世界对话。

（原载《湖南文学》2016年第11期）

半城烟火

一

正如鸟儿筑巢一样，有的鸟把巢安在屋檐下，有的选在了树杈间，我选择了进城——为了孩子，或许也夹杂着能成为别人心中所羡慕的城里人的小小虚荣。

所谓的城，也只是小小的县城。小城从南到北、从东到西都只有几分钟的路程，经纬交通要道也不过四五条。巴掌大的地儿，条条街道就如掌心上的纹路那样清晰明了——不像大城市里，街街巷巷，交织若网，人潮如流，车来车往，一旦汇入其中，会被人流裹挟，眨眼可能找不着北。十几年来，我沿着小城这些弯弯曲曲的纹路，一遍遍地走来走去，不知往返了多少个来回。

总感到城里的太阳很累——每天要爬得很高，才能越过楼顶露出脸庞；而我，每天都要起得很早，朝五晚九。生活节奏愈来愈快，睁开双眼，洗漱，出门，到校，辅导，早自习，备课，上课，作业，课间操，研讨，说课，听课，晚自习，查寝……一直到晚上九点多，回到家就更晚了。到了周末，还要大包小包地准备赶回老家看孩子——我成了生活极有规律的周候鸟。

　　孩子要上幼儿园了。我把孩子接到城里，租了间房子。白天孩子上学我上班；晚上若有晚自习，我就带他到学校，我上课，他在操场玩。一个月仅有六百多元的工资，还不够买一平方米房子，对于当时的我来说，买房无疑是遥遥无期的奢想。暂时就这样，一切慢慢来吧。

　　然而，这样的想法很快就完全改变。

　　一个冬日的夜晚，我一连上了两节晚自习，竟然忘了在外面玩耍的孩子。等到下晚自习，我才满校园找孩子，最后在教学楼拐角的楼梯上找到了——孩子蹲坐在台阶上，靠着栏杆，熟睡着，小脸冻得通红通红。看着从小就乖巧懂事的孩子，我泪如泉涌。深深的愧疚，使我纠结无语。那一瞬间，一股巨大的力量，让我毫不迟疑做了一个决定——买房，两年之内，哪怕一分钱一分钱地攒，哪怕负债累累，房子也一定要买。进城，就要在城里找到小小一隅来安好属于自己的家。

　　从此，我如鸟儿一般，一天天不厌其烦地衔枝采泥，每过一天，心中那个瘪瘪的希望也就会饱满一些。

　　常看到在路旁或林子间，高高的树杈擎着一两个精致的鸟巢。尤其是到了秋天或冬季，树叶落光，只有孤零零的鸟巢擎在那儿——鸟儿已不知去向,这空荡荡的巢,就是鸟儿挂在季节最后的勋章。我的敬意油然而生。一根根树枝,一粒粒泥巴,被鸟儿耐心地筑成一个温暖的巢。一个巢,不知鸟儿要花费多长的时间,关于这些,大多数人肯定没有关注过吧。

买房犹如鸟建巢,其中的艰辛与不易,只有亲历者才能真正体会。节省,再节省,一点点地抠,一点点地攒。我知道,从工资里多攒一点儿,我们的巢就会多一根小树枝支撑;多抠一点儿,巢就会多一粒泥巴黏固——为了房子,我不怕担负吝啬的恶名。有时为了买到便宜一点儿的东西,不怕多跑几次,不嫌货比三家麻烦,甚至不去理会别人的白眼。现在想想,那时的我一定是天下最面目可憎的女人,现代女版的葛朗台。我常常在梦里都渴望获得更多的金钱,只为了能早日拥有一处遮风挡雨的小窝。看着年迈的父母和公婆,我别无选择,只有靠自己。我们一天天啄泥衔枝,一次次地往返奔走,不厌其烦,不知疲倦。为了生存,我心甘情愿地被生活所奴役。这是我无法逃离的选择,也是对现实无奈的垂首体认。

真正属于我们的巢终于搭建好了。记得住进新房的第一天晚上,我激动得一夜未眠。

从二十五岁开始,一直到三十八岁,整整十三年的时间——两个教师完全凭着自己的努力,终于搭建成了一个真正属于我们自己的并不华丽的巢。为了这个现实的梦想,不觉间，我竟然奢侈地花费掉人生中最美好的时光。

我不知是喜还是悲。

二

清晨，我总喜欢站在阳台上，朝东望去，看高耸入云的石林间，太阳什么时候从楼顶一点点露出。

一座座几十层高的大厦，一间间结构大同小异的单元房，是小城人在水泥石林间辛苦凿出的一个个巢。小城人就是飞翔其间的鸟儿，为了生存，整日奔波，一趟趟，一点点，不辞辛苦，把筑巢当成生命中最重要的一件事。

小城的清晨，更多的是单调。没有了村子里的鸡犬相闻，取而代之的是汽车此起彼伏的鸣叫，或者建筑工地上一天到晚轰鸣不已的机械声。唯一能打破这种单调的，就是洒水车的音乐声——去年的音乐是那首熟悉的《兰花草》，今年不知怎么换成了妇孺皆知的《世上只有妈妈好》。不知为什么，这个问题，我竟然也想了好久，最终也没想明白，只能弱弱地认为，这会不会是为了哄慰那些早上不愿去上学的读书郎？我喜欢看洒水车喷溅的白色水雾，犹如一朵朵百合盛开在清晨的街道。

街道两旁的商店饭馆，次第开门。有人惺忪着眼，拿把笤帚慢慢打扫店铺门前。时不时会遇见三五个晨练的人，偶尔有车子从路上驶过。路旁的法国梧桐，繁密的叶子挤在一起，浓荫如盖。

我喜欢把早餐打发在十字路口的那些摊点上。早上时间紧张，更多地还是因为一种莫名的情结——早餐摊上，浓香的南瓜小米粥，滑腻的红豆面汤，冒着热气的小笼包子，刚出锅的发烫的韭菜合子，总给人一种家常的味道。

最喜欢吃的，是鸡蛋灌饼，我是这里的老顾客。

每天早上想要吃到鸡蛋灌饼，就要早来十几分钟。不然，晚一会儿，就有蛇般长长的队伍，得等大半天。排队的大多是早起辅导的教师，还有赶早班的超市雇员等，他们排在队伍中间，总是隔上几秒就看一下时间，不停地催促摊主。摊主早已习惯了这些，总是微笑地应着，手底下也更加利索。至于那些晨练归来的，则无所事事地等着，与前面的人完全不是一个频道。

摊主是一对年轻夫妇。男的黑瘦，却精神得很。他围着一件油得发亮的棕色皮革围裙，在案前炉旁忙活。男的主要负责烙饼、灌饼，女的和面、擀饼。许多时候，还会遇到他们四五岁的儿子，孩子跟着他们早起，没有睡够，迷迷糊糊的。他俩忙着，孩子乖巧地坐在小凳上，手里拿着玩具，不一会儿，玩具就被冷落，扔在一旁。

只见女的从身旁的面盆里，拽出一块发好的稀软面团，扔在案板上，拿起擀杖，来回几下，面团就被擀成薄薄的不规则的圆形。这时，男的很利索地拿起油刷，"唰唰"两下，炙热的平底铁锅上，马上就冒起青色的油烟。他顺手从案板上扯起面饼,朝锅里一扔,软软的面饼瞬间就"吱吱"地膨胀,一股香气扑鼻而来。趁这个时候,男的左手端碗,右手从旁边的纸箱里拿个鸡蛋,轻轻在案边一磕,"哗"一声打在碗里。然后他麻利地抓点儿早已切好的葱花,放些调料,"哗哗"搅动两下,准备灌饼。

鸡蛋灌饼的技巧就在于"灌"字上,得把握住火候和时间,灌进去的鸡蛋才能不溢,吃起来鲜嫩喷香。饼子刚翻过来,在高温的煎烤下,马上会膨胀出一个大大的气泡,这时,得赶紧用筷子挑开气泡,一股热气便喷涌而出。这会儿趁机把调好的鸡蛋液轻轻倒进去,然后用筷子重重压上两下;再翻两个来回,三五分钟,就可以出锅了。每个三元五角,抹上面酱,夹上菜丝,油而不腻,香味十足。每天早上,这对年轻夫妇忙得不亦乐乎,一直到上午十一点多才能撤摊。

时间长了,男摊主熟练的灌饼技术,在我看来,已渐渐成了一门艺术。那双灵巧的手,我看不出与常人有何差别,也许每天就是这样,触摸着小城清晨的心跳,一天天跟着这节奏,才灵动了起来。我在肠胃享受美餐之前,心理上就已得到了极大的满足。

一到冬天,常见男摊主一个人在忙活,我好奇地问,今天就你一个人?男摊主不好意思笑笑说,天冷人少,我一个人顾得过来,就让她多睡会儿。我心里微微一热,看着穿着厚厚羽绒服的人们,正大口地咬着冒着热气的灌饼,这热气与口里不时哈出的热气混成白白一团雾气，遮住了视线。

偶尔，会遇到他们早上没有出摊。一些顾客就开始嘟囔，怎么回事呀？会不会是他们家里有事？不知明天来不来？怨嗔之中分明带了一些担心和挂念。他们已成了许多人生活中不可或缺的一部分。

街道上车来人往，川流不息。我常常在这些陌路人的身上，看到自己的影子。他们的忙碌犹如我昨日的匆忙。许多模糊的或清晰的影子，重重叠加在一起，分不清哪是我，哪是别人，虚幻而真实——这些影子总是各自整日奔波在石林间，自顾自地讲述正在进行的或悲或喜的故事，不管周围是否有人倾听。

三

闺密打来电话，约我出去走走。我想，她一定是遇到什么事了。她是个善良少言之人，平时很少有过是非。

约好见面，精致的淡妆依然掩饰不了她内心的疲惫与焦虑。一见到我，她就像喷涌的龙头汩汩地絮叨不止——说自己在单位常年超负荷地付出，结果职称评定却没有她；说学校的制度越来越苛刻，教师要和学生一样上下课去厕所，其他事情必须请假登记；说别的老师把学生死扣得紧，自己犹豫纠结，常常产生一种深深的负罪感；说自己好心为同事办好事，没想到同事在利益面前，反而得寸进尺，没了做人的原则;说亏欠孩子太多,整天在学校忙人家的孩子,哪有时间照顾自己的孩子;说给老人看病,辛苦赚的那点儿工资,到医院才一两天还没见泛个泡就完了,现在到处借钱;说逛街买衣服,售货员一看见她,就问她是不是老师,难道老师脸上就有傻气……

几个小时,闺密一直愤愤不平,难以平静。

此时,倾听就是最好的交流方式。我默默听着她的诉说,她找我,也不过是找个倾诉的对象,发泄内心积郁的烦恼而已。

我能理解她。她小我几岁,她眼前的迷惘与纠结正是我前些年的状态。长年累月烦琐而呆板的生活,最容易不经意间透支一个人的身体健康。然而,这并不是最要紧的。当自己的辛苦付出被人一带而过,当优异的成绩被人漠然淡化——不公的待遇所引起的激愤,可能在瞬间就会颠覆一个人对世界的全部认知。这才是最可怕的。是陷入命运的洪流甘于沉沦,还是调整心态重新获得生命的涅槃?我不是智者,也不可能为她指出一条明晰的路。

知道她爱看书,于是我提议,去书店看看吧,看最近有没有啥好书。她同意了。每当遇到苦恼的时候,我喜欢去逛逛书店。到了书店,随意翻翻书,就会很容易忘掉所有的不快。在浩瀚的书册前,一个人显得多么渺小,生活里你认为所有举足轻重的不公和忧伤,都会在这里得到化解,变得不足挂怀了。

天色变暗，刺骨的寒气迎面扑来，我和她裹紧棉衣，向书店走去。

刚走到新华书店对面，一团亮丽的黄，瞬间撞入我们的视线——黄得灿烂，黄得亮眼，黄得温暖。停下脚步，仔细一看，原来是盆菊花，一盆怒放的菊花。一根根细长的花瓣，向四面肆意舒展，如一团熊熊燃烧的火焰！

这是一间逼仄的修锁铺子，只有平常的半间屋子那么大。屋子里光线昏暗，看不清里面的摆设。店铺门前的操作台上，放着配修钥匙的各种工具，最前面是一个横架，穿了一长串银色和金色的备用钥模，看上去冷冰冰的，像一把把冰冷的匕首。操作台左边一角，放着那盆灿烂绽放的菊花——如一首温暖的小诗，让这清冷的傍晚顿时诗意起来。看了看闺密，她的脸上也露出一种无法言喻的欣喜与感动，她说这个修锁的一定是个心灵手巧之人。我点点头，也稍微放心——一个人，在最沮丧的时候，还对生活细微之处所散发的美有所欣赏，那她是不会沉沦的。

我对修锁铺的主人充满了好奇，仔细打量了四周，没有见到。之后一连好多天，我忙于琐事，也就把这事给忘了。

直到前几天，我下班路过那里，修锁铺子开着门，操作台依然摆放在门口。只是，去年冬天的菊花，已换成了一个装满水的娃哈哈纯净水瓶，瓶子里插了三枝不知名的野花。我心一动。旁边，修锁铺的主人正拿着播放器听戏，是秦腔《寒窑》。他躺在靠椅上，跷起二郎腿，闭着眼睛，嘴里含混不清地哼着，右手打着节奏，完全沉浸其中。

  我有点儿羡慕，甚至有一丝嫉妒。在这小城，灯红酒绿，人来车往，熙熙攘攘，我与闺密，还有许许多多的人，整日为生活奔波劳碌，不免多了一些埋怨和麻木。而修锁铺的主人，却把更为单调枯燥的日子，过得如此诗意美好。他哪是在修锁，精修的何止是门上的铁锁，生活的秘密，他早已洞晓。他有一双灵巧的手，有一颗洞悉世俗的心。一种敬意从我心底油然而生。

四

  每天要经过小城的水果批发市场。回家顺便捎点儿水果，成了我每天的习惯。

  说是市场，其实就是一个十字路口。这里早被摊贩划定了区域。水果贩子搭着棚子，扎好寨营，一看架势，就是长期坚守的状态。一年四季，各种时令水果，都会在这里闪亮登场。摊点上的水果一排排整齐地摆放着，它们被擦得光光亮亮，修剪得妥妥帖帖，散发着骄傲的光彩。当然，它们的价格也不菲。

  我常喜欢光顾果农的摊点，虽然他们的摊点简易了些——一张塑料纸，或一张纸箱板，或者架子车，就是一个简易的货台。有的水果还挂着露水，沾着点点泥星。果子被随意地倒在地摊上，任人挑拣。

尝尝，不甜不要钱。全亏了今年天气好，你随便尝，都是自家地里种的。大婶随意拿起一个，招呼着我。

没有挑拣，我装了半袋子苹果。摊主是位五十多岁的大娘，黝黑的皮肤，一说一笑，很是爽朗。她称好后，见秤还有点儿平，又顺手拿起两个果子，装进袋子说，都是自家的。等算完账，我口袋正好差两毛钱，她一见便摇摇手，说算了算了。大婶，这样你不就吃亏了吗？我笑着问。

吃啥亏，自己地里长的，只要不糟蹋在地里，比啥都强。农村人最舍得的就是力气，明年又是一院果子。闺女，喜欢吃了就下次再来，我不挪位，老在这儿守摊。大婶亲切地叮嘱，如自家邻居般亲近。

她厚道、朴实、宽容、爽朗，不像那些水果贩子，长年累月地待在小城，沾染了一些市侩气。她这样的人，是小城的候鸟，夏秋两季总要如约而来，出售着自己一年的辛苦收成。

走几步路，前面就是菜市场。街道两旁，绿油油的青菜，肥嫩嫩的菠菜，翠生生的黄瓜，圆溜溜的土豆，胖乎乎的南瓜……像是进城比美，带着田野里新鲜的泥土气息，诱惑着人的肠胃。

常看到一些大爷大娘，提着半蛇皮袋子红薯或者土豆，或者几捆菠菜韭菜，找块地儿，挤在一边摆摊。他们的菜，绝对绿色环保——或许是田畔边垄上的小创收，或许是自留地里的一点儿收成，他们来换几个零花钱，或添点儿油盐酱醋。小时候,我的爷爷就常这样打点自留地的蔬菜。

路过,无意间看到一位老人坐在道边,表情漠然,双手安放在腿上,扬起,又落下,像是招呼顾客,却又没喊出什么。走过去,我把摊上剩下的一小摊蔬菜,全部打包。老人有点儿吃惊,脸上随之露出一丝笑容。找钱时,他从口袋里掏出一个叠得很平整的红色塑料袋,里面有一大卷的毛票,他认真地数了数,卷了卷,又装进贴身的口袋。他收拾好东西准备离开,而后回头又看了看。

久居在小城空调制造的温室里,我常常会遗忘了季节的变化。每天,这些蔬果就好像温馨小贴士一样——草莓红了,春就来了;饭桌上多了黄瓜、豆角,夏就到了……一年四季,饭桌上不断变化着,也许有了这样寻常烟火的温暖,日子才更接近生活的本质。

时光总喜欢把生活揉成一个个日子,每个日子又被分解成大大小小无数个琐碎——过日子也便成了一件简单而复杂的事情。每天,我依然不厌其烦地丈量着一条条街道。条条不太宽阔的街道犹如小城一条条细细的血管,汩汩不息。它守着小城,守着小城的烟火,也守住小城的生气和底气。

小城活在世俗中,我活在烟火里,一日日地老去。

五

十字路口的西北角,是小城有名的罗门婚纱摄影楼。每年一到腊月，几乎天天都有"噼里啪啦"的鞭炮声传来，小城的喜事儿就是多，每天都仿佛跟着沾了喜气。

多少年来，我在这条街道，无数次地往返，街道两旁的店铺、超市、饭馆、杂摊等一切也日渐熟悉，甚至那个店铺门前什么位置有棵什么树，我都记得清楚。

春节后，在婚纱摄影楼转角与邻楼之间一米多的空隙处，我意外地发现，不知什么时候竟多了一个住户——这个逼仄的空间，成了一个流浪汉的暂时安居之处。一边是装潢得富丽高雅的摄影楼，一边是流浪汉简易破烂的"家"，两者对比是如此鲜明，却又真实地存在于眼前。

初见流浪汉，是在一个清晨，太阳早已挂在了树梢。那天路过，我无意间多瞄了一眼，他就突然闯入我的视线——地上铺着脏兮兮的花褥子，他坐在那儿，微眯着眼。发灰又发黑的衣服，脏得已经辨不清布料的本来颜色了。旁边支起的木棍上，挂着两个塑料袋，袋子里花花绿绿的，装着一些剩菜剩饭。靠边的地方，是一个鼓鼓的编织袋。这就是流浪汉全部的家当。

流浪汉看着有六十多岁，额头上几条深深的皱纹，若条条黝黑的虫子在额头微微蠕动。古铜色的肤色，让我顿然想起了罗中立的油画《父亲》。只不过，流浪汉的眼神很平静，没有"父亲"眼里那种殷殷的期盼。

以后，每天上下班，尤其是刮风下雨时，我都习惯性地朝流浪汉的住处看看。有时他低头专注地吸着烟，很享受的神情；有时他不停地划着手机，饶有兴趣地看着——好像外面的风雨与他毫无关系，他沉浸在自己的世界里。大多时候，他都是坐着晒太阳，看着十字路口来往的车辆和人群。他的眼神沉静如水，你看不出他的内心有任何的波澜。

　　拥挤在路口等红灯的小车司机，几十秒都等得不耐烦，有人不住地按着喇叭——大小车"嘟嘟"的喇叭声，一时间此起彼伏。过往的路人，一个比一个行色匆匆，都想趁着间隙穿过马路，哪怕是冒着生命危险去闯红灯，也要赶那几分钟。其实，早赶到家几分钟，多半也会被无端地浪费。只是，我们习惯了匆匆地朝前赶，真要慢下来，许多人就会显得无所适从。这些，流浪汉每天都默默地看着，偶尔笑笑，没有见他说过话。我心里有了一种恐慌，感到极不踏实——我们从世俗而来，往烟火而去，来来往往，整天如是，匆忙之间，仅仅疲于奔波。流浪汉在小城人的眼中，是最潦倒最可怜的人；而小城人，会不会成为流浪汉眼中一个个可笑的匆匆过客呢？

　　前几天，流浪汉的身边多了一只狗，是只流浪狗。狗很瘦小，毛发凌乱，脏兮兮的。流浪汉有伴了，从此不会寂寞了——或许，他并没感到寂寞，收留这只小狗，仅仅是因为小狗实在照顾不了它自己；也许他的寂寞从未有人能懂。没过几天，流浪汉住处的编织袋越来越多，编织袋里装的都是小城人制造的各种垃圾，这是流浪汉谋生的全部。

　　一无所有的流浪汉，在小城的一隅，自得其乐——每天吃着残羹剩菜，有只小狗陪伴，有人来车往观看，这些就足够了。

　　总要回归生活，在一日日烟火的熏烤中，我们都会面带苍色，一天天老去。小城愈来愈年轻，愈来愈充满活力。生活在其中的小城人，一个个终将从小城里渐渐消逝，而又一批的小城人，又开始沿着同样的街道，住着同样的鸟巢，继续在小城里生活着。

（原载《散文（海外版）》2018年第5期）

飞 蓬 草

一

四哥的信息犹如一颗沉闷的炸弹。屋子里的人七嘴八舌地议论开了——大家立即停止了闲聊,关于四哥的一切马上成了众人话题的焦点。

"老四到底是怎么回事,书读得越多,脑袋瓜子越呆了。到自己父亲跟前,还要做什么挽幛,以侄子自称?""看来真是读书读呆了,唉!""真是的,你说六叔六婶都不在了,他还有啥顾忌……"议论声愈来愈大,大家纷纷发表着自己的意见。站在道德的制高点上,每个人仿佛都拥有了许多话语权。

四哥在北京一所高校任教,得知父亲去世的消息,马上就买火车票朝回赶。他怕赶到家太晚,就给六弟发了个信息,让帮忙先替自己做个挽幛。

四哥的父亲总共弟兄六个。六叔家没有儿子,正好四哥的父亲有五个儿子。于是，就把四儿子过继给了弟弟。四哥从小乖巧，六叔六婶很是疼爱，尽心抚养他长大、上学、工作，直至结婚生子。前几年，六叔六婶先后去世，在北京的四哥也就很少回村子了。

四哥的父亲去世时已八十五岁，大家都说他是寿终正寝。在乡村，八十岁以上的老人去世，算"喜丧"。但对于家人来说，老人突然走了，还是令子女们忍不住哀伤。

六弟最小，家里凡事都是老大拿意见。六弟就坐在一旁，招待来客。他向客人叙述着老人去世前的情景，昨天下午父亲精神还好好的，还准备今天早上去地里干活，一点征兆也没有啊，凌晨时怎么说走就走了呢？这句话在以后的几天时间里，凡来人奔丧，六弟都要不厌其烦地重复——这也在情理之中，奔丧的人自然要关心地问。生命如尘埃，谁知道会在什么时候突然落下。

风水先生请到了。很快，下葬的时间确定了。墓地的风水也看好了。主事的人，便分派人去给亲戚报丧。老人一辈弟兄多，到了孙子辈，枝枝蔓蔓的就更多了。

院子里，厨师带着五六个中年妇女也来了。现在村子里的红白喜事，酒席服务全都给承包出去了。甚至打墓下葬，都有专门的人承包。以前可不是这样，桌椅板凳锅碗瓢盆都是到东邻西舍家一件一件临时借来的，主厨的，搭棚的，下葬的……全都是村里人自愿来帮忙的。院子里，一下子热闹了起来——搭锅生炉，烧水擦洗，列菜单，支案板，择菜，冲洗……

陆陆续续,吊丧的人渐渐多了,时不时可以听到"咿咿呀呀"的女人哭声——言辞含含糊糊,拖曳的调儿似断非断,悲悲戚戚,如唱戏般婉转。守灵的孝子,此时也忍不住眼泪簌簌。有人过来拉劝,一般是别人越劝,奔丧的越要哭得悲切,推让几次,才肯作罢。

前院角落里那棵樱桃树,六弟说这是老人生前嫁接的。此时,已冒出一小簇一小簇的芽苞,像一朵朵火焰,在春光中鼓足了劲,仿佛随时要燃烧一般。

儿女子孙该到的都到了,只差北京的老四了。

这是我去参加朋友父亲葬礼时的情景。

回来之后,我一直纠结这件事——老四为何要把自己与父亲如此分清?

在我们这里,自家晚辈的男性是不必做挽幛的。老四执意要做挽幛,就是他把自己当外人了。在村里人看来,这自然是有悖于人之常情。我虽然是局外人,心里也暗暗对老四不满——不管怎样,毕竟是自己的亲生父亲,去世了,天大的事,都应该放下,否则就是不明事理了。但凭着直觉,我又隐隐感觉事实并非如此简单。然而,我又说不出其中的蹊跷所在。

四哥会是怎样的一个人?我猜想着。农村的丧事,各种风俗仪式本来就琐碎繁杂,都要一一按部就班地进行。院子里,人来人往,出出进进,喇叭声、吵闹声、鼓风机的呼呼声等声音混杂在一起，很是热闹。

第三天午饭时，没想到，我们竟然坐在了一桌。刚开始我并不知道他是四哥。正吃着，有个穿着孝衣的中年男子，也端碗浆饭在桌边的空位坐下。六弟见状就介绍说，这是四哥，昨晚回来的。我仔细打量这位高校的教授——方方的脸庞，一副黑色边框的近视镜，架在并不高挺的鼻梁上，一说话就微笑，斯文和蔼。这有点出乎我的意料。不过，他们兄弟俩倒是有几分神似，毕竟是血缘关系，就算从小没在同一口锅里吃饭。

四哥昨晚到县城住宾馆了，是最豪华的一家四星级宾馆。他一个人回来的。按道理，这几天晚上，作为孝子，应该守灵才是。这样的老规矩四哥不会不知。他解释道，昨天下午一到家就回老房子看了——当然是六叔六婶的老宅子。院子的木门差不多成朽的了，铁锁也锈住了，我鼓捣了半天才进去。这么长时间，屋子没人住，也是很乱。墙角满是蜘蛛网，北边的墙也裂开了几道缝隙，到了夏天，恐怕几场雨就倒塌了。好在离县城不远。想想，我离开村子也有二十多年的时间了，咱六叔六婶走了也快十多年了，房子怎么能不老呢？四哥说这番话的时候，看似轻松的口气，却怎么也让人轻松不起来。时光飞逝，留在每个人心中或多或少的隐秘的沉疴，只有在漫长岁月中一点点被消磨。

不知怎的，四哥的眼神里掩饰不住一种莫名的伤感——一种浩大无边而又不可言说的伤感，仿佛一切都在劫难逃，瞬息却又会被湮没。回到村子，破败的屋子，熟悉的物件，去世的父亲，往昔生活的点点滴滴，恍惚间纷沓而至。四哥五岁时就过继给了六叔，关于那时的记忆，并没有随着时光的流逝而模糊遥远。四哥一直不明白——为什么自己突然间从一个快乐的家，被抱到另一个陌生的家，并且还要改口给一个和自己关系不大的人喊爸妈？是父母嫌弃自己，还是生活负担太重？为啥不送其他几个哥哥，而偏偏是自己呢？一定是自己最小，不能给家里添劳力挣工分，才被送走的。在村里，他常常看到兄妹们和父母一起劳作，欢声笑语，就会产生一种莫名的亲近感，但他只是远远地望着，他知道，这一切，已与自己没有多大关系。毕竟还是在同一个大家族之中，父母有时对他也亲热招呼，但不知为什么，他总是感到别扭，那分明是一种刻意装出的虚伪。许多时候，他故意表现出一种执拗的冷漠。父母总是摇摇头，无奈失落地离去。这时，一种报复的惬意，会让他兴奋好几天。多少年来，四哥每想起这些，就犹如揭开陈年的伤疤，痛苦而残忍。他喜欢独自沉浸在这样的痛苦之中，这样的痛感让他时刻保持着一种警醒——对外界的警惕防备，对自己尴尬身份的刻意提醒。尽管他觉得这样做，对自己未免太残忍。有时，他会突然跌入一种无底的深渊，无奈而绝望。关于这些，他一直百思不得其解，却一直都在冥思苦想。

六叔六婶对四哥一直都很疼爱。刚开始，他明显地抵触，觉得自己不过就是一个暂时的寄居者，当完成某些所谓的使命之后,迟早都会回到父母身边。于是,他倔强地坚持好长时间就是不肯改口。但是六叔六婶毫不在意,说随他便,愿叫啥就叫啥。他们依然买好吃的给他吃,买好玩的给他玩,却从来舍不得给两个姐姐。渐渐地,他觉得他们对他真好,至少比狠心的父母要好太多,这才慢慢改了口,并且给自己的父母改口伯父伯母——谁知这一改口,就是一辈子。一转身,就是咫尺天涯。那一刻,他对自己说,将来一定要出人头地,对"父母"好,让"伯父伯母"看看,让他们为自己当初的抉择而后悔。

大锅煮的浆饭最好吃。浆饭悠长的香气,弥漫在整个屋子。浆饭,是我们这里的一种极为普通又具有特色的小吃——在煮开的水里,兑上发酵变酸的粉浆,再放些筋道的手擀面,然后放上芹菜丁、海带片、花生仁、鲜黄豆、嫩豆腐等,最后煮成稠糊糊的面条就可以了。尤其在冬天,一碗热乎乎的浆饭下肚,整个肠胃都是酸香酸香的,浑身也舒畅无比。

四哥说,好久没吃过这么香的浆饭了,北京没有这样的浆饭。北京的豆汁倒是和浆饭的味道有几分相似。这时,四哥一脸温情,不觉沉浸在某种情绪之中。周围没人回应,没有人去过北京,也或者去过却没有吃过北京的豆汁,更不知道豆汁是一种什么样的食物。而对于四哥,在北京每每喝起豆汁,他就会想起故乡浆饭的味道。这酸香的味道,是家的味道。他常常会被这味道牵引着思绪,回到村子,发现村子上空，竟然到处都飘着浆饭的香气。兴奋的他在村巷中跑来跑去，却怎么也找不到自己的家门。

刚吃好，外面就有人吆喝，让孝子们带上烟酒，一起到祖坟地去验墓。话音刚落，四哥正要点燃香烟的打火机"噗"的一声灭了。霎时，他神色黯然。

俗话说，不孝有三，无后为大。在以前，谁家要是没有生养儿子，那就是绝门断后，为传统所不容。老了无子照顾，境况不免凄凉，这在村子里是抬不起头的。遇到这种情况，常常有人就选择同宗兄弟的儿子，通过族人认可，举行过继仪式，多要立字据，同中介人一起画押。这样，同宗晚辈做自己的儿子也不会感到别扭，对其也如同己出。作为过继儿子，从过继之日起，便视新父母如同亲生，自己的一切行为均与新家相联系，对家庭成员的称谓也重新改过。

四哥过继时，六叔六婶是让人查了老皇历的，专门挑了一个黄道吉日。记得，他和六叔两人净手燃香，郑重地向列祖列宗跪拜祷告，祈求庇佑平安吉祥——那些泛黄老旧照片里的人，陌生而呆板，他们会有那么大的神力吗？四哥一直在发呆。祭拜很快完毕，全家在一起吃了顿团圆饭。这顿团圆饭特别丰盛，让他眼花缭乱，有点不知所措，手中的筷子都不知夹什么。好在有人不停地给他碗里夹菜，嘴巴最终抵不住诱惑，他放开了肚皮去吃。全家人都很高兴，他也很开心。他并不知道别人为什么而高兴，只知道自己为平生第一次吃到这么多好吃的而开心。

四哥从此和六叔就是一家人了——生是一家人，死是一家鬼，将来去世，他是要和叔父叔母埋葬在一起的。而家族父亲这一支的祖坟里肯定是不会再有他位置的，他与自己亲生父母生前不能在一起，死后只能在厚厚的黄土里，彼此沉默。

此时，我才恍然理解四哥的苦衷。

二

弗洛伊德曾解释说，做梦其实就是人的愿望的不断满足。或许小时候，我常常会产生这样那样的愿望，因而到了晚上便常常做梦。梦的内容纷繁而冗杂。只是一觉醒来，做过的梦便如逝去的云，早已不知踪影。然而，不知为什么，总有这样一个梦境，几十年来，竟然反复地出现在梦中——村前的深沟里，我沿着弯弯曲曲的小路，不停寻找着回家的路。我越是走得快，那条小路的坡度就越陡峭。我一次次地爬上去，可不知为什么，一爬到半坡就会一次次地滑下来，直至我精疲力竭……这样的梦境，不止一次地出现在我的梦中，甚至前段时间，我还梦到过。当年村里人为了防土匪，就把村子搬迁到四面环沟的土塬上，到村子，得沿着沟底的那条弯曲小路。由于雨水的冲刷，这条小路不知道改了多少次——弯的，直的，宽的，窄的，老路一旦被暴雨冲毁，村子里便会不厌其烦地顺着土崖的走势，重新开出一条新路来。小路的最初具体走向，到现在我还记得清清楚楚——或许就是因为这个梦，才让记忆如此清晰而深刻。我寻思着，这条在梦中反复出现的小路，会不会向我暗示着什么？或许，我这辈子注定是要离开村子，到外面漂泊，梦中的小路，或许是在不断提醒着我——无论漂泊在何处，一定要记得回家的路。因为这条路是我通向生命最初记忆的隐秘通道。

然而年幼时，我险些被送给别人。虽然后来只是虚惊一场，不过现在想来，还是心有余悸。

父亲姊妹五个。他是老大，下面有三个妹妹和一个弟弟。在村子里，作为长子，毫无疑问地要承担起延续家族烟火的任务。姐姐是老大，到我，全家都希望能是个男孩，没想到还是个女孩。我的降生，打破了全家人的希望与期盼。母亲告诉我，当时她怀我的时候，在镇上上班的父亲就给母亲说，要是生下的是男孩，就给母亲买只烧鸡吃。那时，对于物质极度匮乏的农村，能吃上烧鸡是一件多么奢侈的事。当然，母亲最终没有吃上父亲承诺的烧鸡。这辈子，我始终欠母亲一只烧鸡。

直到后来，有了弟弟，全家才皆大欢喜。作为长子长孙，无疑给这个二十多口人的大家庭带来了欢喜和希望。弟弟从一出生，营养就跟不上，身体比较弱，这更成了全家人都呵护的宝贝。当过几天乡村医生的母亲，对弟弟的照顾自然是无微不至——天稍微起点风，母亲就赶紧追到外面给弟弟加件衣服；天热了，就拿蒲扇轻轻摇半夜。弟弟的饮食，更是顿顿、时时都要特别注意，不敢有半点马虎。弟弟在我们家里，享受着和曾祖母同样的待遇——其实那时，所谓的优待也不过是平时多吃几个鸡蛋而已。尤其是爷爷，有了孙子，那份欢喜更是溢于言表。我和姐姐小的时候，爷爷从来都没有上手抱过。而现在，爷爷一有空，就抱着弟弟在村子里转，而且是哪里人多，就朝哪里抱。爷爷一直都是喜欢男孩。他总说，女孩子养活大，就成了人家的人，白养活。每次赶集回来，都不忘给弟弟捎点好吃的。爷爷总是只给我和姐姐几粒花生，哄我们说这是路上无意间捡到的。可是，话刚说完，爷爷转过身，就会从口袋里一把一把地掏出好多给弟弟。我对爷爷的这种做法，一直耿耿于怀。后来，碰见的次数多了，就习以为常了。谁叫自己是姐姐，凡事得让着弟弟呢。

平时，爷爷总喜欢和我开玩笑，说我从小是从"河北"抱养过来的。我们村高踞在黄河南岸的土塬。村子里人说的"河北"，就是村子北面、黄河对面的山西芮城，并非真正的河北省。爷爷刚开始说的时候，我并不相信，以为是逗着玩的——爷爷知道我是凡事都爱较真儿的人。后来，开玩笑的人越来越多，村里竟然也有人和我开同样的玩笑。他们不知什么时候，从爷爷的口中知晓，也随嘴乱说了起来。渐渐地，我就有点将信将疑了。

从此，藏着这个不是秘密的秘密，我对周围的人与事都显得特别敏感，甚至警惕。我细心观察父母对待我和姐弟的态度，吃的穿的，哪怕不经意的一句话，或一个表情，都足以让我琢磨半天。这些对我来说，是个不为人所知的巨大秘密。有时，我特别孤独，就常常一个人跑到村子后面的土崖上看黄河，说是看黄河，其实是想望望黄河对面依稀的村庄。土崖下面就是黄河，几百米高的土崖成了村子的天然屏障。土坡上栽了许多仅有一指粗的槐树苗和榆树苗。其余就是一望无际的狼尾巴草，浩浩荡荡地侵占了整个山坡。狼尾巴草也叫飞蓬草。一到秋季，飞蓬草一簇簇白色的舌状小花，因极小的一阵风，就会四处飘散，漫天遍野地飞，向天空中，向四面八方，到处都是，谁也不知它们最后飞到了哪里。望着浑浊翻滚的黄河，北面的中条山模模糊糊，我听大人说，对面就是芮城，我的亲生父母就在黄河的对面。想着自己从未谋面的父母，他们会在对面的哪个村庄，长得会是啥样呢？为什么他们竟然这么狠心，把我送这么远，想回去都没有办法。一想到这里，我就伤心不已。无限夸张放大的孤独与寂寞，瞬间包围了我——眼前纷纷扬扬的白色小花，不知要飘向何处？我的眼泪不觉淌了下来。

　　后来，再有人开玩笑时，我差不多信以为真了——我曾经怒气冲冲地跑回家，大声质问正在忙碌的母亲，这究竟是不是真的，要求母亲马上把我送回去。现在回过头，才发现自己当时是多么的孩子气。然而，那时，这对于一颗幼小纯真的心灵来说，又是怎样一种无意而深刻的伤害？

六七岁时,我差点被送给了别人。父亲的一个好友住在县城,他家只有一个男孩,看见我家有两个女孩,就三番五次地缠着父亲,非要抱养一个,说有儿有女才成为"好"字,让父亲不管怎样得成全他的好。心软的父亲经不起朋友的软磨硬缠,想到平时关系又相当不错,自己又了解朋友的人品,实在推辞不过,只好答应,准备把我送过去。

其实,父亲的朋友第一次去我家提这事,我就晓得了。母亲一再对我说,她肯定舍不得把我送给别人。但我还是将信将疑。那段时间,父亲的朋友三番五次地来我家,每次他来,都从县城买了许多礼物。这些礼物包装得花花绿绿,都是我从来没有见过的。他总是想方设法和我套近乎。看到这么多从来没有见过的五彩缤纷的食品和玩具,我眼花缭乱,充满好奇。可是,当我一察觉到在他陌生的笑容里,一定掩藏着阴谋,顿时,我就若一个受惊的兔子,惊慌失措地拒绝,然后仓皇逃走——其实这对于一个孩子来说,面对这些诱惑,是需要付出很大的勇气来拒绝的。

再后来几天,我时刻保持警惕,一吃完饭,撒腿就跑,躲在无人的角落。平时与我敌对的弟弟,也和我保持统一战线,不时给我打探消息。父亲的朋友一离开,我才敢露面——终于我以这样幼稚决绝的方式坚持到了胜利。记得,我曾大声地向父母郑重声明——我宁可和你们住草屋烂棚,也不和那人去县城住高楼大厦。这么多年过去了,每每提起这件事,母亲都会重复起这句话,笑笑。

父亲的想法最终没能实现。父亲与母亲商量，没想到，母亲的态度很坚决，不同意。母亲说，我只有两个女儿，哪个都是身上掉下的肉，哪个都舍不得。父亲的朋友一看，实在没戏，只好作罢。临走时，他心里不甘，就顺手把窗台上正开花的一盆君子兰搬走了。现在，母亲提起这事，还不忘那盆君子兰，她总说，养花这么多年了，那盆长势出奇的好。父亲总是不好意思地笑笑，不说话。

一个无心的玩笑，曾让幼小的心灵经历了怎样的惊悸；一次意外的遭遇，险些改变了我的人生命运。如今回想起来，一切都遥不可及，却又仿佛刚刚平息一般。

风筝，飞得再高，也离不开牵它的那根长长的线。只要线在，无论何时，它始终都会找到回家的路。风筝不能挣脱线的束缚，当然，牵着的手也不能轻易松开。

三

姑姑家来了贵客。怪不得一大早上，姑姑门前的梧桐树上，不时传来喜鹊"喳喳"的叫声。

可是，姑姑却怎么也高兴不起来。

表弟在大学谈了个女朋友，今天第一次来家里。按道理说，儿子有了对象，作为父母应该欢喜才是。

女孩一个人从安阳赶过来，还带着大包小包的礼物，给姑姑、姑父、小侄女等一一准备了礼物。女孩长得眉清目秀，落落大方，嘴巴又乖巧，一句一个伯母地叫，这倒让姑姑有点不太适应。三姑、小姑都说这女孩是个难得的好闺女。然而，姑姑却一直紧绷着脸，心不在焉地应付着，满心的不愿意挂在脸上，怎么也提不起精神来。很明显，姑姑心里是一百个不情愿。大家都很纳闷。

姑姑早就知道表弟谈了个女朋友，开始还是很赞成的。她为儿子能找到这么俊俏又优秀的姑娘而高兴。平时见到亲戚朋友，姑姑也会主动告知，说我家老二终于找到媳妇了，这下我就不用再操心了。言谈之中，满是自豪与幸福。

后来，表弟向姑姑透露了女友家里的情况。女孩的父母都在银行上班，家里条件不错，住房也相当宽敞，就这么一个闺女。女孩的父母见表弟一表人才，也甚是欢喜。他们说只要表弟的父母没意见，就行。姑姑一听，态度立马就来了个一百八十度的大转弯，坚决不同意，还劝表弟趁早和人家分手。

这下，表弟和女友着急了。女孩赶紧赶了过来。

母亲的性格和做事风格，表弟是清楚的。姑姑的脾气特倔，家里的事从来是说一不二。只要姑姑决定了的事，就是十头牛也拉不回来。姑姑的家教特严。表弟和表哥从小一旦干了错事，只要姑姑在场，大多时都会不由分说地先甩上个耳光。所以，表弟表哥从小到大，做事都特别谨慎小心，一般不敢违背姑姑的意见。

无奈之余，表弟只好搬了姨妈舅舅等救兵。没想到，不管是谁，怎么劝都无济于事。连姑姑的女儿、我的表姐都急得说姑姑真是个老封建，说弟弟去安阳了，你不是还有一个儿子和女儿吗，怕啥？平时说话有权威的大姑说，错过这个村就没这个店了，你提着灯笼到哪能找这么好的闺女，你不能太自私了，只为自己想，到啥年代了，还这么封建。

就是不行！姑姑一脸倔强，无论正说反说，她就是死活不同意。姑姑振振有词地说，不是我封建，蛮不讲理，不懂人情世故，这孩子确实是个好闺女，条件又不错，可是她家的情况，一旦结婚，就等于把儿子入赘给别人。我就两个儿子，好不容易养大，供他上学，现在学上成了，倒去给别人当儿子，作为母亲的我，心里能舒畅吗？儿子替别人顶门立户，怎么都不如在自己家里腰板硬气，我才不想让儿子受那份窝囊气。况且我又不是养活不起，咋的？安阳这么远，想见上一面都难，你说我的心里能好受吗？到时村子里人知道了，非要戳断我的脊梁骨不可。我怎么去面对列祖列宗？凡事要想公平，打个颠倒，要是这事放在你们身上，你们还会说这些劝慰我的话吗？说着说着，姑姑的眼泪都快掉下来了，仿佛表弟真的就要入赘给了别人一般。

的确，从小生活在村里的姑姑，有这样的想法最正常不过。养儿就是为了防老，这是几千年来中国式的朴素思想。姑姑的所做所想也不过是基于这点——自己老了病了咋办，谁养活谁照顾？还指望着儿子到时养老送终呢。

没人能劝得了姑姑。事情的发展就落入俗套，没有任何悬念。表弟只好和女友悄悄交往。姑姑还是不放心，怕他们藕断丝连，非要让大学毕业的表弟去很远的地方当兵。最后，几年的磨炼，表弟在部队考到了武汉上军校。表弟和女友当初炽热的感情，也随着距离和时间的推移，自然就淡了。现在表弟也已结婚，生了个活泼可爱的儿子。姑姑离开村子，去表弟的城市帮忙带孙子，每天忙得不亦乐乎。

一切遂了姑姑的心愿。姑姑用自己的强势和倔强，坚守住了心中那座隐形的堡垒，这曾经让姑姑纠结不已的堡垒——经年累月由一代代人维护坚守的所谓真理。

对表弟来说，姑姑未免太强势和武断了。若是这事发生在别人身上，姑姑或许也会说些劝慰她人的话，而一旦这事发生在自己身上，则成了一种莫大的耻辱。她只知道这种事坚决不能发生在自己身上。但这却又不完全是姑姑的错。如若站在一个母亲的角度来看，姑姑的想法也算人之常情。好不容易养大一个儿子，却要去别人的家，作为母亲，心里该会是怎样的五味杂陈。我比表弟要幸运得多。比姑姑年长许多的父亲，在这事上想得很开，他说只要孩子过得好，其他的都不重要。

我不知道，规劝姑姑的大姑、三姑、叔叔等人，若这样的事临到自己身上，会不会也如姑姑般纠结？

四

一次偶然的机会,我看到了这样一份民国十六年的《入赘契约》:

入赘契约

　　立写承赘子婿红券人×××,情因祖宗无德,小子无能,流落他乡,无以为生。今自请媒证×××向女家说合,甘愿入赘×府××先生膝下承为子婿,以继烟祀。自赘之后,甘更名改姓,一切听从管束,遵守家风,勤耕苦作,孝顺岳父岳母,不得任意乖张,偷闲懒惰,走东去西,如违管教,逐出家门,乱棒打死,不得异言,高山滚石,永不回头。

媒证×××(押)

家族×××(手印)×××(手印)

×××(押)×××(手印)　仝在

亲证×××(手印)×××(手印)×××(押)

民国十六年仲夏月廿八日出书

这是一份入赘时所立的字据,民国十六年,也就是1927年,有将近一个世纪的历史了。据说这写在牛皮上的字据,又叫牛皮合同。这份牛皮合同,也真是很牛皮——言辞之间，无不流露出对入赘男子的肆意贬低，就连祖宗也不放过，一旦有违管教，便只能落得逐出家门、乱棒打死的下场。入赘男子，只不过是一个继承烟火的工具，一个只要能讨口饭吃便言听计从的奴隶——作为一个人最起码的权利与尊严，在这里已被完全剥夺与践踏，让人触目惊心。这牛皮合同，差不多就是一张卖身契。我震撼不已。

以前，入赘多是女家没有兄弟，为了传宗接代，补充劳力，并赡养女家老人，招女婿上门；还有就是男子家贫而无力娶妻，只能以身为质到女家完婚。男方到女家成亲落户，要随女家的姓氏，常常被人耻笑为"倒插门""小子无能更姓改名"等。秦汉时，入赘形式具有"赘婿服役"的性质。宋代以后，入赘变为"赘婿补代""赘婿养老"的性质。入赘之日，由女家备四人轿，并用行人执事，专迎新郎，俗称"抬郎头"。或先一日去女家住在新房中，正日，花轿鼓吹，迎娶新娘，似男家迎娶，到门拜堂。入赘婚姻中的男人，尴尬的身份，让其要承受比常人更大的压力。

一场特殊的婚礼正在进行。在唢呐和锣鼓的热闹声中，和以往婚礼不同的是，新娘子穿着婚纱，兴高采烈地走在前面，后面的新郎则被几个人抬在一个简易的轿子上，头上蒙着大红盖头，大家簇拥着、说笑着跟在新娘身后。这是村子里新郎入赘成婚、新娘迎娶新郎的仪式，自然和平时的男娶女嫁的仪式有所区别了。唢呐高亢地吹着，欢声笑语中，谁也没有注意，此时，在这热闹的人群后面，跟着一位憔悴的中年妇女。她远远地跟在后面，偶尔侧过头，用衣袖偷偷抹上几把眼泪。她是新郎的母亲。看着被"娶"走的儿子，她伤心地向旁人叹息倾诉着。唉！这一切都怨自己，都怪自己没本事，不得已，才选此下策。这是前不久发生在村子里的一件事。

如今，随着社会的发展，人们观念的开放，入赘也早已不像牛皮合同上所说的那么苛刻。但几千年来，以父系为继嗣体系的宗族观念和传宗接代的思想，早已自觉不自觉地浸入我们的血脉之中——这已成为一种在短时间之内难以擦抹掉的文化印记。一想到表弟和女友，我又开始莫名地纠结。

前年，我参加了精准扶贫，帮扶户是住在秦岭深山区的一位六十多岁的老人。老人的大儿子远在新疆打工，小儿子从小就过继给了本村的一户人家。如今，老人一个人生活，孤苦伶仃，还耕种着几亩地。我了解情况后，就对他说，这样也好，儿子和您在一个村，农忙了或者头疼脑热的时候，他还可以搭把手或者过来照顾您。谁知，老人脸色一沉，迟疑了会儿，不好意思地摇摇头，小声说，有时他也搭把手，但都是暗地里帮的。毕竟人家把他养大，他也不能帮我太多。我也不想给儿子制造一些家庭矛盾，影响孩子的幸福啊——亲生的儿子就在身边，却因为过继的原因，不能正大光明地帮自己忙。偶尔帮上几次倒成了老人不敢说出的纠结。

山路弯弯。傍晚，我走在返回的路上，山崖沟壑，荒地田垄，或者河谷村旁，随处都会碰见一种草——飞蓬草。这种草，生命力极其顽强，在北方的土地上，是极常见且很普通的一种草。小时候，我割猪草，最讨厌的就是这种草，样子长得不好看，连牲口都懒得吃它。庄稼地里，一旦出现这种草，都会被锄头毫不留情地消灭。然而，这种草往往在田垄沟壑处长得极为茂盛，很成气候。一到秋季飞花时节，地上、空中到处成了它们的地盘。在我们这里，这种草被赋予一个极其难听的名字——猪尾巴草，臭名臭样，仿佛成了大自然极其多余的荒草。只不过碰上哪年，地里缺肥料，父亲就拉个架子车，随便去个地方，一会儿，就能割上满满一架子车。拉回来后，就用铡刀铡成短短的一截一截，与家畜的粪便混在一起，就能沤肥。这恐怕是飞蓬草在农村唯一的用处了。

直到后来，偶然机会，我从百度百科上才知，这种极其普通的飞蓬草竟然是一种药材，有清热利湿、散瘀消肿等多种功效。灰不溜秋的荒草竟然成了药材，这完全改变了我从小对它的偏见。天地万物，看来极其寻常的事物，都有各自存在的理由。

只是，每年到了秋季，田野上到处飘满白色舌状的小花，这种极其寻常的小花，就是飞蓬草花。不知怎的，我总会生出许多莫名的伤感。它们终究是要不断流浪漂泊，东西南北，天涯海角，随遇而安，但它们安扎下来的脚跟，也只是暂时的，待到来年，它们又要拖儿携女，开始新的流浪——终究因为本心不安,最终也难得有种归宿感。

此刻,我似乎理解了四哥心里多年的纠结,还有姑姑的坚决固执,以及那位母亲的伤心自责。

(原载《湖南文学》2019年第8期)

签　　字

我如一条沉睡在海底的鱼，渐渐苏醒，浮出水面。

喧嚣如潮水般突然而至——房间里，此起彼伏的说话声，电视里热火朝天的广告语……

"活着，人就要学会自己爱自己。我现在就特别注意养生，每天坚持吃一个核桃三个枣……"一个操着纯正郑州话的腔调传来。

"我们农村人，天天在地里忙乎着，有啥吃啥，哪顾得这么讲究……"是邻床大嫂的声音。

术后的我，从观察室搬到病房，就迷迷糊糊地睡着了。睁开眼，已是中午了。深秋午后的阳光透过玻璃，煦暖而热烈，给雪白的病房涂上了一层淡淡的橘黄。原来，昨天刚空下来靠墙根的十五床又来了一个病人。

"哦，醒来了！现在好多了吧？"邻床大嫂问道。

我微笑着点点头。

"十三床的耳朵和你的一样，耳膜穿孔钙化，是昨天刚刚做完手术。"邻床大嫂指着我，向十五床介绍道。

"这个小年轻,手术时难受不?"十五床问道。见我半天没有反应,她又提高声音重复了一遍。

"小年轻!有这么老的小年轻吗?"我哑然一笑,指了指自己的耳朵,摇了摇头。

十五床是位五十多岁的大妈,一头短发,穿着一件碎花的棉麻衬衫,舒服又精干。墙角多了个绿色拉杆旅行包。

"你也是耳膜穿孔钙化吧?早上在门诊检查的时候,医生说我两个耳朵也钙化了,不知要紧不要紧?来,小年轻,这是我来医院前,在家里蒸的鲜枣,大家都尝尝吧。"大妈边说边微笑着拿几个枣子放在我床头的碗里。接着又给其他人一一分发。

我这才发现,大妈下身穿着一件灰色裤子,软布料做的,走起路来,裤脚忽闪忽闪的,好像一阵微风拂过丝绸般的湖面,涟漪阵阵扩散,给人一种滑腻的感觉。她的步履更像一种轻盈的舞步,悄无声息,却又极具一份婀娜的美感。

"是的,耳膜钙化有好多年了,听力越来越不好,实在没办法才来做的手术。只是每个人的病情都不相同,您的情况还是自己去问问医生吧。"我解释道。

几颗红红的枣子,泛着几点透亮的光泽,轻轻咬开,一股濡湿的汁液在嘴里弥漫开来。真甜!这枣子真不错!大家连连称赞。

接着,她又问了手术的一些情况,正说着,医生喊她,给她送来了一沓子检查单子,叮嘱几句,就出去了。她捏着那一沓子单子，也跟着出去了。

听邻床大嫂说，这十五床的大妈，是本市的一位退休工人，每月领着退休金，在火车站附近有一套房子，一年还有一笔不菲的房租，这些收入，一个人过日子，怎么说也够了。看来，大妈的日子过得挺舒适的。光看人家走起路来，脚下生风的利索劲儿，多精神，哪像五十多岁的人。只是，这个岁数，住院却是一个人，总让人感觉有些奇怪。

到了下午，十五床的大妈一直都没再回到病房，可能是忙着各种检查吧。

晚饭后，十四床也出去散步了，病房里静悄悄的，播放了差不多一整天的电视也放低了音调。我们这些耳病患者，对于听觉的反应不是那么灵敏。声音在这里，似乎成了一种多余。我无聊地坐在床上，看着"哑巴电视"上闪过的画面，猜测着剧情的发展。

八点多时，十五床的大妈进来了，右肩上挎着一个土黄色的帆布包，向外的一侧，绣着一朵鲜艳的莲花。哦，看来这位大妈是位佛家居士。

大妈一进来，房间里顿时热闹起来，"哑巴电视剧"随之被冷落在了一边。

"哎呀呀，今天真是忙死了，才检查完两项，家里又来电话，还是房子出租的事。有两个人都要租房子，一个给1050元，一个给1150元，我还没决定到底租给哪家好呢，你们说说我该怎么办呢?说完,她依然保持着微笑,满满的笑意盛在脸庞纵横交错的皱纹里,不浅不溢,凝固一般。

大家都呵呵地笑了,这样的选择有什么可难的?病房里的人,都在你一句我一句地聊着,我悄悄地在一边看着大妈的笑容,真诚淡然,让人有一种莫名的温暖。

第二天一早,等我醒来,十五床已空荡着了。房间里依然很静。

大妈不知是忙着家里租房的事宜,还是忙着去检查,这么大年龄,她的家人真应该到医院陪陪她。

早饭后,我在病房外活动了一会儿。回到房间。只见大妈低着头,两只手扶着床坐在那里,一副心事重重的样子。邻床大嫂在一边,安慰道:"大妈,别急,再给医生好好说说……"话还没说完,大妈就站起身来,说:"好!我这就再给医生好好说说去。"

大妈离开后,邻床大嫂说,术前签字,医院不让大妈给自己签字,说她这个年龄得让家属来。

唉!邻床大嫂叹了口气,压低声音说,这些事都怨她自作自受,儿子根本就不接她的电话。谁让她以前没有抚养自己儿子呢?原来,大妈年轻时,丈夫在一场车祸中离世,留下了一岁多的儿子。那时,大妈还上班,三班倒的工作,她根本没有时间去管儿子,儿子从小就跟爷爷奶奶生活在一起。长大后,儿子始终不能原谅她。当然,她也自觉理亏,轻易不去找儿子,这些年就靠着退休金和房租养活着自己。

想想,大妈也真够不幸的!遭遇丧夫之痛,一个年轻柔弱女子,又要应付厂里的工作,虽说没能尽到为人母的责任,可老来却被儿子抛弃,总也是让人心酸的事情。

大妈进来了。她推开门,低着头,缓慢地走到自己的床边,愣了半天才坐下。

医生不同意?我们关切地问道。

她点点头,不解地嘟囔道,为啥别的病号自己签字就行,我就不行呢?

可能医生见你一个人,年龄这么大,将来手术万一有什么不测,谁担得起你的责任?有人解释道。

我今年才五十七岁啊,这能叫老吗?

听她这么说,大家又笑了。确实,她看上去根本不像五十多岁的人。

大家帮我想想办法啊?要不这样,大家看行不?反正这是个小手术,我干脆请个护工,冒充家属,帮我签字,术后照顾我一两天,我多给她些钱,不就行了。

这倒是个好主意,护工容易找,医院大门口多着呢,但关键是人家愿意不愿意替你签字,这恐怕不好说吧。不管怎么样,你还是去试试吧。

大妈脸上又溢满了笑容,她一把抓起床边那个土黄色背包,顺势斜挎在右肩上,踏着轻盈的步子,出去了。那个刺绣的鲜艳莲花正好朝外,也随着她的步子前后晃动,瞬间摇曳起来。房间里,又恢复了往常的平静。

午饭时,大妈就回来了。还没来得及问候,只见她从肩头一把扯下莲花背包,扔在床上,重重地叹了一口气,一句话也没说,就一头倒在床上,脸朝里背对着我们。结果可想而知,大家没敢多问。病房里静悄悄的,时间也似乎慢了下来。

"小年轻,这病房里,一看就知道你是有文化的人,你帮我再想想,像我这种情况到底该怎么办啊?"大妈不知什么时候已走到我的床边,语调里有种无奈的乞求。

是啊,有儿女的可以去找自己的儿女。可是,如果没有儿女的,该去找谁?没人签字,难道就没法看病做手术了吗?我正犹豫着怎么回答大妈。这时爱人说道:"不妨去找找居委会。您这种情况,总得有人管吧?"

"这个主意不错!"病房里的人都说。

大妈的眼睛里瞬间闪过一丝亮光,仿佛又抓到了一根救命的稻草。刚才还像一只泄气的瘪球,一听,马上就鼓满了气。她利索地背起包,连忙说:"好,这真是个好主意。还是有文化的人主意高,谢谢了啊。我这就回家一趟,找居委会去,看我的事他们管不管。"

晚饭后,大妈回到了病房。她一头短发有点杂乱,脸上勉强的微笑掩饰不住奔波的疲惫。没想到,她一放下包,就径直向大家"汇报",唉!真是的,我们那居委会主任说了,他也是耳膜穿孔,前几年做了手术,听力恢复不是很明显,他和他老婆都劝我，不赞同我做手术。"不愿意帮忙就直接说，还和我拐这么大的弯儿，况且我也不会为这事为难别人，真没想到……"

我点点头，示意自己明白了。是的，这年月，很少有人愿意去为别人担什么无谓的风险。

大妈没理会谁，继续说道："可是，我的耳膜确实已穿孔钙化，身上的零件毕竟不好了，能修就要尽量修修吧。等到我老了，走不动，听不见，可咋办？这次我来医院，就是准备做手术的啊，为什么别人能做，我就不能做呢？"大妈絮絮不止，眼神里流露出来更多的无奈与不甘，愤愤的语气里隐隐露出一股火药味。

突然，我想到了鲁迅笔下祥林嫂那哀怨无助的眼神。不知为什么，我不敢直视她的双眼——我帮不了她任何忙，也给不了更为合理的理由。我怕自己身不由己地陷入一种更深的无奈。最后，我只能小声搪塞道，明天早上还是问问医生吧。

正好这时护士进来了，让她过去一趟。她跟着护士出去了。

多半个小时大妈才回来。她在病房中，不停地来回走动，看着有点心神不定，一定有什么事。她终于忍不住了，开始小声嘀咕着："怎么回事啊，看耳朵来了，怎么人家说我血液有点怪，不正常。"

大妈发布的这个最新消息无疑于一颗原子弹，在病房里轰然炸开。

病房里的人都关切地问:"人家护士怎么对你说的啊?"

"没说啥,就说我的血液化验结果有点奇怪……"大妈沉默了一会儿,突然说,"天哪,会不会是艾滋病?妈呀,要真是这坏病,我可怎么办啊……"她又开始絮絮不止,实在说累了,就仰起脖子,"咕咚"喝上一大口水,面无表情,发上一会儿呆,才回过神来,接着又颠三倒四地重复着同样的话题。

只是,病房里的人好像都开始没事找事地忙了,再没人像以前那样听她诉说,热心帮她拿主意了。

病房里静着,但表面的平静却掩盖不住潜在的恐慌。每个人都吃过大妈的枣子,虽然大家知道以这种方式患上艾滋病的概率几乎没有,可是,一想到那可怕该死的病,每个人都不由自主地陷入了一种臆想的恐慌。此时,甘甜的枣子仿佛幻化成无数病毒,在每个人血液中肆无忌惮地啃噬。

终于,奔波了一天的大妈匆匆洗刷完毕,就躺下休息了。大妈在床上翻来覆去。邻床大嫂也在床上翻来覆去。看来今夜注定谁也无眠了。

窗外,已是漆黑一片。病房里,渐渐寂静了下来。透过床牌蓝莹莹的一掬亮光,薄薄的被子包裹着大妈瘦小的身子。落寞的她,孤身一人,东跑西奔,极力维护着自己那在别人看来再正常不过的权利。我真想替她签字。生活中常常就是这样,看似很简单再正常不过的事情,却又这么错综复杂。毕竟，社会是在既定的轨道上行走的。

上午八点半，医生要例行查房。

大妈的主治医生，是耳科的主任医师，身后还有八九个年轻的实习生。这位主任医师一进病房，大妈就着急地问，主任医师不厌其烦地给她解释，要是没人签字的话，医院是不会给她做手术的。

"那不管怎么说，我也是个病人，医院总得给我看看吧？"大妈说。

医生笑笑说，耳膜穿孔钙化，在生活中，只需注意不要给耳朵进水，这样不做手术也无大碍的。那别人的怎么都做了手术呢？……就这样，大妈和医生你一句我一句地说着，直追到楼道，惹得其他病房的人都从病房里出来，看发生了什么事。

直到最后，看到医生坚决的态度，看着楼道里挤满了人，大妈似乎明白了什么，虽然不甘心，但脸一沉，还是暂时放弃和医生的争论。

病房里，大家没人再去关注大妈的手术，都在关切地询问关于艾滋病的传染问题。邻床大嫂担忧地说，前天我们吃了她给的枣子，会不会传染上？昨晚她一整夜都没睡踏实。大家的心都悬了起来，七嘴八舌地议论开了，说什么以后得长个教训，凡是别人给的东西不能随便吃。医院也不负责任，怎么让一个艾滋病患者住到普通病房。甚至有人言之凿凿地说，真没看出这大妈，生活上那么随便的……大家虽然都明白艾滋病的传播途径，吃几个枣子怎么可能传染上呢，可是还是身不由己地跌入这种自虐的恐怖里。

不知多久，大妈进来了。

大家的议论戛然而止，一齐打量着大妈，那陌生的眼神，像是打量一个怪物似的。不知血液的最终化验结果出来了没？关切的话语多了一些刻意的虚伪。大家的提醒，才让大妈想起了这件最重要的事。她恍然想起了什么，说："哦哦，我昨天都催了好几次护士，今天一早护士就告诉我结果了。你看，为了这耳朵手术的事，我差点都气晕了，忘了告诉大家。我不是艾滋病，医生说我的血是熊猫血，和别人的不一样。"片刻，她难得的一脸轻松。她如释重负地不断重复着："没有问题就好，没有问题就好，可是，可是，我的耳朵还不知道咋整呢……"

大家的心都放了下来。

惊吓之后的她，找了医生，又给自己检查了脑血管和心脏。光这几天的检查费用算下来，起码有四五千了。邻床的大嫂，一听到这数字，唏嘘不已。

"明天一早，我还要去找找医院，难道像我这样的人就做不成手术了吗？我想讨个说法。"大妈很认真地说。暂时被搁置的耳朵，又被大妈重提了起来。她的确很认真，倔强的眼神中有一种从未有过的坚定。

我想起了那个"为讨个说法"打官司的秋菊。此时，或许在她心中,"讨个说法"的意义已经远远超过手术本身。是的,万一大妈得的不是耳疾,而是急症那该怎么办呢?而我,又不免替大妈担忧。

第二天一大早,大妈又背起那个莲花帆布包出去了。

我要出院了。走的时候,大妈的床空空的,不知道大妈能不能如愿以偿地做手术。最终的结果,我不得而知。

(原载《莽原》2018年第2期)

谎 花 儿

一

最终，萍子还是决定向我诉说自己的尴尬与无奈，以及那个冗长而疲惫的梦魇。

一说到那个噩梦，她神色凝重，显然还心有余悸。

你说奇怪不奇怪，我长这么大，还没见过真正的大海，怎么会突然梦到海呢？

黑压压的乌云，一团涌着一团紧贴着海面，不动声色地从头顶一点点逼来。浑浊的浪头，不时劈头盖脸地冲来。我恐惧极了，自己随时都会被大海吞没。握紧舟楫的手颤抖不已，我根本使不上一点儿力气。小舟在海浪中上下颠簸，浓郁的海腥中夹杂着一股嚣张的戾气，一个浪头紧接着一个浪头劈向空中，从未有过的惊恐突然而至——惊悸，无助，甚至绝望……我缓缓闭上了双眼。

"哐当——"一声尖锐的炸裂声，把我从绝望之中扯回到另一种惊恐。我猛然张开双眼，屋子里一片灰黑，仿佛还残留着几丝海水的腥味。梦中的气息依稀可辨。我内心充满了感激——至少，在这无奈时刻，终于逃离了那场无休止的梦魇。

呼啸声从窗外传来。你知道的，黄土高原上从来都不缺这样剽悍的大风。风肆无忌惮地吹起狂哨，从土塬上疾驰而过。在塬上长大的我，早已见怪不怪——肯定是楼顶边缘瓦制的遮雨棚年久风化，只需一小阵风，就会被吹落摔得粉身碎骨。再结实的棚子也经不住这样折腾，就像人，即使有再多的激情，折腾多了，终会透支归于平淡。

我这人有个臭毛病，睡觉特挑剔。枕头高一点硬一点都不行，整天被各种复习资料折磨得要爆炸的脑袋，只有享受着母亲缝制的荞麦枕头，才能安然入睡。不知为什么，屋子里哪怕有一丝的光亮，我都会产生一种不安全感。为此，我特意把屋子里的窗帘换成墨绿色的，即使在白天，也会制造出一种如黑夜的黑，像一口井深不可测，躲在里面心里特踏实。

你说我这算不算毛病。我曾想改改，可尝试过几次，都不管用。其实，这些所谓的毛病都是我自以为是的毛病。唉，人就是这样，当意识到一些毛病时，往往早已根深蒂固了，就好像一些肿瘤患者，当查出来的时候，大多已病入膏肓无可救药了。

因噩梦惊悸的萍子，稍稍平息了下来，她抿了几口水，用微润的舌尖轻轻舔了一下干燥的唇角,接着又开始絮叨起来。

我的屋子很小,窗子也不大,只有个一米见方的小窗户,除了那扇红漆的旧木门。你不知道,在木门正中偏上的位置,有两个核桃大小的黑黑纹结,椭圆形的,怎么看都像一双充满杀气的兽眼——那异常沉静的目光看不出任何情绪,却又仿佛包含了所有。它悄悄躲在时光深处,时刻窥探着这个世界的秘密。不知为什么,我从来不敢直视它,那专注的眼神仿佛要看穿一切。在它面前,我无处遁逃,最后干脆贴了张风景画在上面。

你有自己的秘密吧?萍子突然问道。

我点点头。一点也没犹豫。

你的秘密告诉过别人吗?

有一些。

哈哈,告诉了别人就不叫秘密了。萍子仰头大笑。

告诉你,我有太多的秘密,但从来不告诉别人。我清楚,秘密公开换来的结果大多数只会这样——要么是一声无足轻重的叹息,要么是所谓同情之下隐藏的幸灾乐祸。而你则成了别人旁观的玩物,这对自己是不是更为残忍?

夜色和窗帘叠加成厚厚的黑,若一堵冰冷无形的墙,横亘在萍子的眼前。她准备逃离这里。她觉得自己一直奔跑在逃离的路上。

我觉得自己最近特疯狂。但凡自己搜集的或别人推荐的招聘启事，法律系研究生毕业的我都会用笔一一做好记号，仔细筛选。有时，我觉得自己就像一个精明的高级计算师，面对着众多的数据，不停地分析归纳，纵横比较，仿佛只有经过大脑精密的运作，才能在这个浩渺的世界中，寻找到属于自己那个微不足道的坐标。每个人在这个宇宙中，不就是一个随时可以忽略不计的黑点吗？其实生活中大多数人不都是和自己一样，终日寻找着属于自己的位置？也许只有找到那个黑点，一切才会与这个世界和谐共处。我就是喜欢这样胡思乱想。

想归想，现实面前萍子还是懂得妥协的。没有办法，接下来萍子必须面对的就是一轮又一轮千篇一律的环节：报名，复习，各种培训班集训，考试，面试……

如今，萍子差不多成考霸了，三天两头地走进考场拼杀一番。每一次报名考试，她都是充满希冀，她相信上帝在不经意间终会眷顾她一次。这些年来，残酷的现实已经把当年心气极高的萍子磨炼得烟火十足。如今，萍子的想法再简单不过，她只想得到一个工作的机会，和一个自己养活自己的理由。然而，一次次的奔波，眼看着机遇就在眼前，可总是与自己擦肩而过。萍子不甘心，因为每一场应聘，对她来说都必须集中精力全力以赴。

萍子顿了顿，眼前的她难掩疲惫，不经意间皱了皱眉头，仿佛还深陷某种纠结的情绪之中。

你不知道，几十场应聘下来，我早被折磨得精疲力竭。

但我很清楚,自己必须坚持。我有一种强烈的感觉,你说我像不像一个到处赶集贩卖的小丑——总是马不停蹄地奔跑着摆摊,竭力叫卖,继而与别人讨价还价,目的就是早点把自己推销出去。刚开始,我还是坚持自己的原则,常常对别人附加的一些打折条件嗤之以鼻,毫不妥协。可没过多长时间,现实的残酷一点点消磨着我仅有的那点可怜尊严。渐渐地,看着别人总是高高在上带着一种挑剔的目光审视自己,这时,尊严对我来说,差不多就是一种奢侈。

午后的阳光,微弱而淡黄。萍子语气平淡,不慌不忙地向我倾诉着。此时,她已没有任何表情,悲伤抑或无奈——仿佛在自言自语,诉说着与己无关的故事。

我小心地隐藏起自然而然流露出的一丝同情,没有任何安慰,只是安静地倾听。

二

"讨厌的窗帘一大早就故意挑逗我。"萍子半是调侃半是认真。

外面,风愈来愈大。先是窗帘的一角微微晃动了几下,像在试探着什么。很快,像是收到了某种秘密指令,这份局促不安瞬间便传染开来,整个帘布不约而同地抖动了起来,一道道涟漪迅速扩散开去,打破了屋里的平静。

山雨欲来风满楼。萍子突然感觉到一丝不安。

继而窗外又是"咔嚓"一声,刺破了黎明前的寂静。沉闷的空气被弥散开来的诡异气氛所代替——是院里那棵刚刚移栽的小杨树折了?还是简易的车棚经不起突然而至的狂风暴虐?萍子仔细辨别着,从未有过的莫名恐惧,也随着声音的纷杂而无限扩大。

隔着窗户,帘布仿佛受到了惊吓,抖动得更加厉害。该死的,自己昨晚关窗怎么就留下了一道缝呢?萍子目不转睛地盯着狂乱不安的帘布,会不会突然从帘布后跳出一个面目狰狞的魔鬼?她的手心濡濡的。

"还不起床,都几点了,饭在锅里,你起来吃点。我去诊所了。"母亲"咚咚"敲了两下门,喊了几声就忙别的去了。

萍子松了一口气。印象中,母亲总有忙不完的事情。几千号人的大村子,每天头疼脑热的人真不少,诊所里总是挤得满满的。当了一辈子乡村医生的母亲,每天早早起来,先做好早饭,自己吃点就去村部隔壁的诊所了。有时诊所病号处理完了,趁着难得一会儿的安静,母亲戴起老花镜,翻开厚厚的医书认真看。有时半夜三更,也会有人敲门喊母亲,母亲从来不推托。

想起母亲,萍子就有点惭愧。

萍子怎么也忘不了多年前那个孤独而又感动的夜晚。中考失利的她在家百无聊赖,打算和几个朋友一起去南方打工,她实在不想再回到那令人头疼的课堂。而母亲对她苦口婆心，一再劝说也无济于事。她的倔强是原汁原味地从母亲身上继承而来。任性的她干脆躲到同学家里。

你说，我是不是有点儿过分？母亲将她全部的赌注都押在了我们兄妹三个身上。

在这件事上，萍子显然对自己极为不满。

母亲一直有个大学梦，当初要不是因为家里困难，学习成绩优异的她肯定会考上大学。结婚后，在镇上药房打工的母亲，自学医学知识，又在乡医院待了几年。村里不论谁家的孩子考上大学，母亲就特别羡慕，那份开心不亚于自己孩子考上大学，只是开心之余不无遗憾。她曾无数次在我们面前唠叨，说自己不管怎么苦怎么累，也要把我们兄妹三个供上大学。

我的哥哥上大学时都已经二十四岁了。这个年龄在大学也算"大哥大"了，在农村都该结婚生子了。哥哥初中复读两年，高三又战斗三年。这一切，全是因为母亲的坚持。天生就不是读书料的哥哥，在学校耗了一年又一年，勉强上了一所二本大学。其实这在每年有将近百万考生的高考大省，真是难为哥哥了。还好，无论几本大学，终归是上了大学，也算了却了母亲的一桩心愿。

可到了萍子跟前，她早就对母亲说过，不管考试成绩如何，她就是不想复读，她才不想把自己像鱼刺般卡在高考的咽喉。

局面一直僵持着。然而，她没有想到，自己信誓旦旦的诺言竟因为那个暴雨夜而彻底改变。这是自己的宿命。

真的是自己的宿命。萍子又重复了一遍。

那天中午,耗在外面的我实在无聊就回家了。家里冷冷清清的,一个人都没有。父亲外出打工,而母亲呢,十有八九在诊所忙,我也懒得去那个永远充斥着消毒液气息的地方,免得她又絮絮叨叨。

一个人倒也清净。整个下午,萍子都在发呆。不知何时,外面突然刮起了大风,接着雷鸣闪电,下起了大雨。萍子这才发现自己肚子咕噜噜响。母亲不在家,她只有自己打开火炉阀门,添上半锅水,扔进两把米,熬点粥喝吧。

屋里越来越暗,萍子懒得开灯。电磁炉"吱吱——"吃力地运转着,单凭声音判断,就知道这是次品电磁炉——这是母亲参加某次药品促销会的赠品。锅里的粥咕嘟嘟地响,米香弥漫着整个屋子。从小,母亲就舍不得让萍子多干一点儿家务活。母亲总说,用干活的时间多看几页书,比啥都强。

肠胃终经不起诱惑,萍子刚盛好粥,就在这时,"哐当"一声门开了,母亲回来了。

只见母亲浑身湿漉漉的,就像是刚从水中捞出来的雨人——鬓角、脖项紧粘着杂乱的头发,右肩斜挎的大背包还不停地滴着水,衣襟、袖子、裤腿、鞋子等全都湿了,而怀里抱着的两摞用塑料袋子包裹着的严严实实的书,成了唯一的幸免者。

短暂的惊讶与尴尬,被母亲兴奋的话语打破了。"萍,医师证妈妈准能考过,今年题比去年简单多了,一点都不难……""哎呀,你看,这天气,怎么说下雨就下雨,幸亏我的书没有淋湿,这些复习资料都挺好的,有好多最新的医疗知识。你看,妈妈在村子里开诊所,太闭塞了,妈妈也要不断学习啊……"

母亲絮絮叨叨,每个字都似根根银针,一下一下扎到她心底最柔软的地方。萍子一阵揪心。是的,医师证对于刚毕业的学生来说,都不容易,对年过半百的母亲,更是难上加难——白天,母亲要忙诊所里的一摊子事;晚上,要先把孙子哄睡着后,自己才能看上几页书。母亲今年有五十多岁了吧,具体五十几,萍子也记不清了。母亲前几年就说要考医师证。当时,她以为母亲为了鼓励他们兄妹三个,只是说说而已,没想到,这才三四年的工夫,母亲就实现了自己的诺言。

萍子说,当时我惭愧极了,啥话都没说。这以后,母亲没有再提复读的事,而我却早已彻底缴械了,不是与母亲,而是与自己和解。

后来,萍子还是老老实实复读了,考上了县里的重点高中。再后来,到了高三,萍子总感觉自己力不从心,高考失利。但看到母亲满含期待的目光,她就主动提出复读。到了大学,她又按照母亲的意愿考研,考了三年才考上。那时的生活也很单纯,就是为了考试而努力,为了母亲而拼搏,而对于未来，萍子并没有考虑太多。

  萍子知道母亲是为自己好。母亲总是以她的方式对子女好，虽然这不是自己要的那种好，但她还是默默接受了。谁让她是自己母亲呢。萍子最终也以母亲期许的方式来回报，最终也成为母亲一直所期望的自豪。

  窗外，风还不休，看来今天又是阴天。屋子里更暗了。

  此时，我看不清萍子面部细微的表情，只能望着她的嘴巴有节奏地一张一合，随之，那经过心肺过滤的话语，穿过屋里沉闷的灰暗，如清冽的山风不时冲荡着我的耳膜。

  不知怎的，一回头看看自己这些年来的求学之路，我就觉得不可思议。二十多年的时间，自己是长大了，成熟了，可在这漫长的二十多年里究竟收获了什么？一想到这个问题，我心里就空荡荡的。英语八级证书、法学硕士……这一沓子证书，这在外人看来很荣耀的头衔，也只是母亲向别人炫耀的资本罢了。当初我倔强地埋下头考证考研，以为有了证，有了高学历，工作就有了保险。而现实则是，年龄越来越大，选择的余地则越来越小。

  萍子打了个激灵，咳嗽几声。着凉了吧？她摇摇头，把抱枕拥在怀里。抱枕的柔软暂且让萍子感到了些许温暖。

三

  屋子里的灯光很暗。躺在小床上的萍子，蜷缩着，像只孤独的猫咪。

是午后，还是傍晚，或深夜？这对于她来说已经无所谓了。反正已有很长时间没人再催自己起床吃饭，更不会连饭不吃也要描眉抹口红装扮一番，满怀兴奋与期待地与他约会。

昏沉的她，也不知道究竟到底是什么时间了。

尤其是那个整天死气沉沉的班也不上了，反正每月只有1800元的工资，县里法院劳务派遣的一份工作。听着单位是不错，至少在这座小城不知有多少人托关系找门路想得到这个机会。可即使是这样，每月的薪酬也仅能够解决温饱。当初萍子为了这个机会，还真费了很大功夫闯了好几关才进去——报名，复习，笔试，面试，一个环节都没落下。要不是母亲整天在家唠叨得心慌，萍子才懒得去。

进了单位，很快，她就知道了啥叫正式工和临时工，界限分明——大到工资福利，小到办公用的笔本，等级分明。干同样的活，却得不到同样的尊重。萍子心里愤愤不平，但再有不满，也只能发发牢骚。因为她很清楚自己的角色，在同事眼中，自己不过就是一个临时工。

前几年，萍子就想去当教师。教师资格证她早几年就拿到手了。可母亲一听，坚决反对，摆出的理由不容置疑——我花了十几年的时间培养出一个研究生，竟然要去当一个农村教师，这岂不是让人笑话？你就不会努力多下功夫，把司法证考下，以后去公检法单位上班，让别人只有羡慕的份儿。

萍子在母亲的阻拦下，最终也没有当成教师。司法考试和公务员考试，她也记不清自己参加了多少次。每次她都自信满满如鼓鼓的气球，可还是被某个阿拉伯数字瞬间刺破，最终溃败而逃。希望，失望，再希望，失望，如此反复，她仿佛是进入了魔咒的怪圈，一路跌跌撞撞地走来。她不知道，不知是因为自己摇摇晃晃，还是这个世界摇摇晃晃地向她走来。这一晃，五六年就没了，她终未能如母亲的心愿。看到女儿求职上受挫，婚姻上不顺，母亲总算松了口气，说先找个工作干着，边干工作边复习考试，实在不中就去当教师。只是她并不知，报考教师也已超过年龄，为时已晚。

你说我亏不亏？要是早点当教师的话，我现在至少一个月好几千的工资，也挺好的。唉，造化弄人！

既来之则安之。到了新单位，刚开始，萍子极不适应，后来也慢慢走过来了。只是心里极不舒畅，自己一个研究生，竟然整天扫地抹桌子，烧水泡茶，干这样伺候人的事。反正这份工作也是鸡肋，萍子早不想整天低声下气地伺候那些趾高气扬的人了，辞了也不可惜。

头好痛，沉得厉害，好似全身百十斤的重量都集中在了脑袋上。萍子不想再这样睡下去。可她怎么也翻不过身，去摁下床头柜上那个可爱的猫咪台灯。

那只猫咪真好，不管她烦恼还是高兴，对她总是笑眯眯的。她觉得这只猫咪怎么看都傻乎乎的，和她一个德行。

四

萍子是真傻。

萍子实在想不通，以前别人介绍了那么多的对象，条件又不错，自己怎么就那么傻，一个都没挑上呢？萍子心里清楚，那时自己才二十多岁，心气又高，一点也不将就，条件稍微不符合就不满意，甚至男方的个头、肤色都要作为考察的范围。最后好不容易订婚了，谁知，婚礼前夕，她竟然无意间发现他和别的女孩在玩暧昧。

那刻，萍子的世界崩溃了。

好不容易，过了一年，萍子才缓过劲来。终于又找到这个男朋友，两人处得挺好，这不，前一段我还参加了他们的订婚宴，两人计划国庆节就办婚事。

国庆节前夕，我出差回家，正准备打电话问萍子的婚事一切可准备好，可还没等我问询，就接到朋友电话："萍子出事了。"

"啊！啥事？"我一惊。谁出事，反正萍子是不能再有任何事了。

"萍子又退婚了。唉，真是倒霉！"

"怎么，婚纱照不是都拍了吗？不是说好国庆节结婚的吗？"我心怀疑惑。

"唉，婚检时，那男的患有遗传性乙肝。她母亲说，这婚必须要退的,她不能将萍子朝火坑里推,否则将来后悔一辈子。"

萍子母亲是没错,哪个母亲都不会拿女儿一辈子幸福作为赌注。

我知道,萍子这次处的对象其实很不错。一表人才,待人接物落落大方,对萍子也懂得包容。虽然家里经济条件不是特别好,但人不错,总算了却了母亲一桩心事。

退就退吧,在母亲的坚持下。虽然萍子的心里多少有些不舍,一年多的感情就这样放手?萍子纠结不已。想着这段时间他对自己的好,他们一家人对自己的好,是那种真心的好。萍子也曾冲动地想陪他一起走下去。相信只要努力一切都会好的。可是,当她听到母亲一遍又一遍地描述这种病一旦发展下去的残酷时,其实她清楚母亲多少有点言过其实,但她还是有点胆怯——谁也没有强加义务于她,必须陪他一起走下去?

萍子拿起电话告诉他她的决定,没想到,他却安慰她道,就是她不提出分手,自己也会提出的。做人不能太自私,你是个好女孩,我不能因为自己害你一辈子,好好寻找属于自己的幸福吧。

挂了电话,萍子大哭了一场。

想想这些年,自己遇到的这些事,萍子很委屈,觉得自己最对不起的就是自己。

面对命运的围堵,日子总得朝前走。起床。萍子朝着猫咪台灯笑了笑。那只猫咪也傻乎乎地对着她一直笑。她冲了杯浓咖啡，走出屋子，让大脑暂时回到现实。

天早已放晴。院子东墙根那几株长长的丝瓜藤蔓，不知何时蔓延了半面墙壁。一簇簇葳蕤的绿叶间，十几朵黄花绽开薄薄的花瓣，在空中不停地来回摇曳。

萍子知道，这藤蔓也结不了几个丝瓜。这些花儿除了少数能结出毛茸茸的嫩瓜外，大部分很快就会凋谢。那种只开花不结果的花我们称为谎花儿。这种花，母亲只需打眼一看就能认出来。谎花儿一旦被她发现，就会被毫不留情地掐掉。母亲讨厌这种花，说徒有噱头，有啥用。

看着一朵朵灿若笑脸的花儿，萍子不免发起了呆。

她转身回屋。书桌上，资料堆积如山——《中国特色社会主义理论》《马克思主义概论》《时事政治资料汇编》《公共基础知识与技能》《宪法》《教育法》……翻开资料，页面上一行行黑字犹如密密麻麻蠕动的蚂蚁，排山倒海地向她涌来。萍子毫不犹豫地拿起那支"箭牌"黑色碳性笔，在如麻的蚁群里搜索着，一行又一行，她极有耐心——像堂吉诃德挥动着长矛向风车挑战。她记不清是哪位作家说过，世界上只有一种个人英雄主义，那就是认清生活的真相之后，依然热爱着生活。

想到这，萍子笑了笑，若有所思地用锋利的笔尖在"蚂蚁"群中狠狠画上一道，然后又重重地描上几笔。那道黑线犹如一堵厚厚的墙，暂时把几排"蚂蚁"堵在了一边。萍子又喝了几口咖啡,开始一页一页地收拾这些黑压压的"蚂蚁"。

按照以往的习惯,我一发现有关招聘的启事,就会用微信给萍子转发过去。萍子总是及时回复几个吐舌的调皮笑脸,后面加上"谢谢谢谢"。

早上,我正要给她转发一则招聘启事,却看到萍子好久没有动静的朋友圈终于更新了:女人得有弹性,掉在地上才摔不烂。后面还缀上了三个太阳一般的笑脸,如她开心时的模样。

(原载《牡丹》2020年第9期)

时光的预谋

时钟

我始终固执地认为时光是有脚的,有着一双巨大而隐形的脚——在无尽的时空里,它能无所不至,永不疲倦。从儿时起,我就这么一直认为,并把它悄悄藏在心里,以为守着一个永远的秘密。

无论对谁,时光都永远守口如瓶。

孩童时,脑海里还没有什么时间概念,只会单纯地去感受世界的一切。那时,时光并没有因为物质的贫乏而黯淡消逝,回忆总是被一种单纯的快乐所牵引,如一块刚刚出炉的金黄面包,泛着诱人的光泽和香气。冬日的清晨,阳光总是那样矜持。北方的黄土高原上,天干冷干冷的,一张口说话,喷出的热气就化成了白白的雾气,弥散在眼前。村子上空,已此起彼伏地升起了青色的炊烟。西墙的槐木楔上,一只只倒挂着的锄头镰刀,整齐地排列着,在这农闲时光中,平静地诉说着陈年的往事。透过稀疏的桐树枝丫，斑斑驳驳的光影洒到地面，院子里犹如平铺着一块巨大的印花染布。那只趾高气扬的公鸡，总是顶着血红的鸡冠，雄赳赳地转来转去。母鸡懒洋洋地踱着步子，偶尔仰起脖项，"咯嗒咯嗒——"，炫耀地叫上几声，然后拍打着翅膀，纵身一跃，跳到鸡棚上，或搔首弄姿，或惬意地躺着晒暖儿。就连前院猪圈里的花猪，也来凑热闹，卧在墙根儿晒暖儿。

遇到这样的好天气，母亲总是不愿错过。她抱起被褥，搭在院里的铁丝绳上，用一根细长的竹篾"吧嗒吧嗒"地抽打。透过光线，隐约看见许多微尘在空中漫无目的地飘浮，我常一个人傻傻地发呆——要是自己能坐上神话中的飞毯，自由自在地飘在空中，去一个连自己也不知道的地方，多好！阳光趁机把温暖塞满了被褥，晚上，被窝里满是阳光的味道，连梦都成暖的了。现在，一到秋冬季节，只要有太阳的日子，我就会习惯性地晒被褥。与其说是自己的一个癖好，不如说是一种莫名的情愫在作怪——企图收藏每一天的阳光，交给黑夜，给梦想，也送给自己。

快晌午时，老奶（方言称呼，这里指曾祖母）常常搬着小板凳，坐在墙根儿开始剥蒜头。剥完后，她就靠在墙上，眯着眼晒暖儿，不一会儿，轻微而有规律的鼾声就会传来。调皮的我常常跟着鼾声的节奏，模仿应和着，谁知半天工夫，老奶睁开了双眼，看了看我，又眯上了眼。老奶沉浸在自己甜美的梦里，竟然毫无察觉到我的恶作剧，我在一旁窃喜不已。实在无聊，我便拿着馍花喂虫子——或者钻在被褥之间蹿来蹿去，与姐弟捉起迷藏——或招来几个小伙伴，一溜行地紧靠着墙根儿玩"挤暖儿"。

然而在冬天，这样让人享受的暖日毕竟不多。如今，每每有阳光的冬日，我总是恍惚着不可阻挡地穿越到有着暖暖的太阳、弥漫着浓浓的炊烟味道的一派生气的老宅子。

冬日里总盼着太阳。有太阳了，就有暖儿，玩时手脚就不畏畏缩缩。看着阳光从西墙根儿慢慢地移到东墙根儿。我目不转睛地注视着，即使这样认真，阳光还是在我的专注下不知不觉地偷偷溜走——它一定隐藏了脚丫和我捉迷藏。好奇的我常常拿着一截木棍，在阳光与阴影的界限刻上记号，然后写上一页作业，看看阳光走了多远，又在地上画条线做个记号，接着再读上几页书。在光与影的不断变换中，阳光还是不小心暴露了自己的形迹。半天工夫，地上一截一截的线条，就好像是钟表上一格一格的刻度，日子久了，地上画的痕迹也深了，成了一个圆盘展开的钟表——属于我的特制钟表。以后，阳光走到哪一格该干什么，我都一清二楚。阳光虽然隐匿了时针、分针、秒针，但它却以自己特殊的方式，每天善意地提醒着我，不要荒废了时日。

阳光从刻度上一点点地爬过，我也一天天地长大。只是，不管我怎样贪恋儿时的美好，时光总是不紧不慢地朝前晃着。不经意间，一晃就是几年，十几年，几十年。感觉就像小时候荡秋千一样，荡着荡着，在忽忽悠悠间，就把一大响的时间荡在了身后。在不易察觉中，岁月冲蚀着一切——环境、身体，还有人的精神意志等，鲜明的棱角在一次次冲刷中，抵抗着，疼痛着，一点点消磨，直至变得圆润。

每天清晨，睁开眼，看着窗外的阳光，我如孩子一样心里盛着满满的憧憬，开始盘算着一天的活计。就如在新买的日记本扉页，工笔正楷地写下第一个字、第一篇日记，字里行间都充盈着无比的喜悦。到了晚上，躺在床上时，才发现在一天的忙碌中，时光已被虚无的匆忙所充塞。于是，在不安与懊悔中，我又开始了对明天的向往。日复一日，就这样，我一如既往地满怀着小小的憧憬与日子对峙着。人生有时或许就是这样，以一种方式的虚无抵抗着另一种虚无——明明知道一生漫长的等待到头都是海市蜃楼的虚幻，最终一切都抵不过时光的无情吞噬。但即使如此，我们还是要在跋涉中保持行走的姿势。

回老家见到儿时的闺蜜，沧桑的皱纹过早地爬上了她的脸庞，昔日白皙的肤色早已消失殆尽，变得粗糙黑暗，她成了一个普通的农妇。已有两个孩子的她，看起来显然比我年龄大了好多。和所有的农村妇女一样，她和我絮絮不止地谈论着她的两个孩子，地里的庄稼，院子里养的猪牛，还有在南方打工的丈夫的收入……她一脸幸福与心安理得。这时的我，突然觉得自己这些年在小城里混着日子，除了每月工资卡上那个仅能维持温饱的阿拉伯数字外，似乎变得一无所有了。

如今，我在小城里，每天上班下班，手头永远是忙不完的活计。不知什么时候，我已习惯在疲惫中行走，憧憬与喜悦早已遗落，日子开始潦草，没了从容，没了期盼，一切按部就班，径直来到了中年的门槛。

日历

赶着太阳，赶着日子，赶大了儿女，也赶老了自己。我的父母就是这样，一辈子在无尽的操劳中渐渐蹉跎，直到白发满头，腿脚蹒跚。

中年了，在时间与现实的挤压下，肩上的重担迫使人不得不疾步于逼仄的空间。我常想父母当年是怎样的艰辛——为了让我们姐妹穿上毛衣毛裤，一宿一宿地熬；春节时，一大家人老老小小都穿着新衣，唯有父母穿着穿了好几年的衣服；每年开春，只要田地里野菜一冒出新芽，不同的野菜就被母亲变换着花样端上饭桌……日子被父母侍弄得井井有条，全家人过得有滋有味。父母以一颗草木之心，从容面对生活的风雨雷电、四季的变换轮回以及人生的苦难坎坷。绵长的岁月中，他们锻铸着生命的另一种坚韧。

时光很慢，总是一天天地走过。时光又很快，恍然就把几十年抛在了身后。

关于时光的最早记忆，是我在村子里上小学一年级时，刚学会数数，会写十个阿拉伯数字，我就想到处显摆一下，生活中凡是和数有关的问题，都要饶有兴趣地探究一番。问得大人不耐烦了，母亲就让我去数炕头墙上贴着的年画日历。我撅着屁股，手指着日历，一个月一个月地数。那是一张1981年的年画，画的是白蛇传的故事。好奇的我就续着这年份的后面，一个一个接着认真地写，1982，1983，1984……写到1999时，我停下来问母亲，到这年时，我就能长很大很大了，就能帮您干很多活了。母亲像一位熟稔时光秘诀的智者，没有说什么，只是笑笑点了点头，眼光中充满了期盼。我怎么也不会想到，眨眼工夫，仿佛穿越一般就到了跟前。我已为人母，母亲已两鬓斑斑！

上初中那年，家里的老宅后墙上裂出了一道宽缝，不得不拆旧盖新。为了盖房，父母欠了好多外债。一袋烟的工夫，老房子就在稀里哗啦的混乱中倒坍，成为一片废墟。那张年画也埋在了废墟之中。我的念想就如夜空上的星星，在某个时间的断点，突然间哗啦啦地掉下来，周围一片黑暗。为了早日还债，父母没日没夜地侍弄着几亩田地。早上天还灰蒙蒙的，父亲总是吃碗开水泡馍，背上锄头去地里。每逢夏收秋耕，晒得黝黑的父亲常常累得腰都直不起来，母亲就给父亲拔罐。一个个圆圆的紫红印记，仿若一枚枚苦难的勋章，挂在父亲背上。1982，1983，1984……一年又一年就这样真切地来到我跟前。年画上的这些数字，一个个地走近了我，又走过，然后就把我远远地甩到身后。与我并行的时间总是那么固定而短暂。这些年来，它就如黑夜中一点莹莹闪烁的亮光，给孤独的我，以持续的温暖与动力。我向时光更深处漫行。

每年元旦，父亲都要买本日历，小摊上卖的最简易的那种。父亲把它挂在堂屋正墙上方形广播匣子的下面。匣子是墨黑色的，黯淡而没有光泽，中间是五角星形状的镂空，用网状的东西隔着。那些年月，从黑色广播匣子里传来最令我振奋的消息，莫过于队里分瓜分菜的通知了。一听到广播吆喝，小姑就提着篮子撒腿朝麦场跑去，全然不顾我在后面大声追喊。瓜菜都是提前称好分成堆的，早到者可以挑拣到好一点的菜。每到晚上，我都记得踩着小凳子爬上去撕去一页日历，仿佛这是一种告别仪式，我就是仪式的主持人。村里谁家婚丧嫁娶，都要提前招呼父母去帮忙，母亲翻翻日历，念叨着，然后把那一页折起来，以防遗忘。到了那一天，我都会准时提醒母亲，其实我更多的希冀是来自肠胃对所谓美食的向往。因为母亲每次帮忙回来，主家都要送上几碗油腻腻的杂烩菜，这在那时，对于我来说就是无上的美味了。后来，个子长高了，我就不再踩着凳子，只要稍微踮起脚就可以够着了。那时的我，每天撕着薄薄的纸张，就好像是工厂流水线上的产品检验员，前后翻看着，检验着，让每一个日子从手中合格通过。

一本本日历，一天天变薄，又换成厚的，再一天天地变薄……每撕掉一页，就感觉日子捏在手心，被自己一点点捋过，又珍藏起来。时光就是魔术师，神奇地把日子变短又变长,变方又变圆。一个个美好的憧憬,在无穷的变幻中翻飞起伏,开始更远地追逐。

　　再后来,我就不用每天撕日历了,因为父亲买了本台历,放在床头柜上。过一天只要翻过一页就可以了。现在,更难得见日历了,手机的普及,看时间查日期也是很方便的事了,有什么事只要在手机上一设置,到时就会自动提醒。通信的发达,让日子的节奏也提速了许多,我渐渐忘了,在时光深处还有另一面曼妙的美好。家里已有好多年没买过台历了。

　　只是父亲,现在还固执地保持着看台历的习惯。听母亲说,父亲每年一买到新台历,就像个孩子一样翻看自己和她的生日。要是母亲的生日遇到了周末,父亲就有点遗憾,对母亲说:"今年我生日还是随你过吧。"要是自己生日遇到了周末,一辈子都不苟言笑的父亲就很开心地对母亲说:"今年你的生日就随我过了!"父亲和母亲的生日只差两天,每年,我和姐弟都是给他们一起过的,谁的生日赶在了周末就随谁过。也许父亲深谙生命的规律,人一出生,口袋里就装着固有的几十张或成百张船票,每过完一个生日,船票就要少一张。父亲将近七十,经历了太多世事沧桑,看惯了无数人情百态,他懂得如何珍惜路过的每一道风景。人生之中有太多的不确定性,常常会打破人们所预设的种种可能性。父亲就这样以自己的方式让每个日子踏实地从手中走过,这是岁月深处一种无言的抵抗,抑或是一种释然后的从容,沧桑后的淡然。

　　父亲每天撕掉一页日历，这样的日子就看得见，摸得着。就如在田里种庄稼，种瓜必得瓜，种豆能得豆。父亲站在时光的岸边，与滔滔的河水对峙着。他明白，力量如此悬殊的对峙，是不堪一击的。但对父亲来说，至少自己还曾亲手抚摸过每个日子，或精致的，或粗糙的，都一一清楚。就如一个盲人，能准确无误地找到自己生活中的每个细小物体，甚至熟悉它的质地，它的气息。父亲的这种方式，是熟谙日子秘密后的一种智慧面对。而我，匆匆忙忙中，在随身的包里，手机是从来不会缺席的。哪一天要是忘了带，瞬间就感到与这个世界完全隔绝迷失了一般，心里发慌。我也不再是当年时光的产品检验员了，合格不合格的，快乐抑或悲伤，都被自己仓促地抛在了身后。

　　不管素年还是锦时，过日子就好比人在旅途，高铁自有高铁的便捷，步行自有步行的乐趣。匆忙大多时候往往是扼杀诗意生活的刽子手。一张张日历，随着轻轻一撕就没了，就如一天天时光从身边飘过，与每个人不经意地打招呼："哦，你好！我要走了，永远不会再回来啦！"——还是让日子慢下来，再慢点。在这慢中，我们才会感受到日子棉布般的温暖，心灵在无限中自由舒展，最终直抵生活的本初。

奔丧

生活中有很多东西都是个人所无法预料和抵抗的，比如，自然界的风云变幻，刚才还是大雨倾盆，这会又是艳阳高照；比如生命的生死轮回，昨天还好好的，今天说没就没了。有时生命脆弱得就如深冬枯树上飘荡的树叶，随时都会被风卷走。

过完春节没有多长时间，就接到老家的电话，说本家的三娘不在了，让我们回去奔丧。

"三娘不在了？不可能不可能，是不是电话听错了呢？春节回去看她时，她身体挺硬朗的。"我连声说道。当确定这消息肯定无疑的时候，我的脊梁骨倏地感到一丝隐隐的凉气。原来三娘是自己不小心跌了一跤，结果得了脑溢血，送到医院，不到半个月人就不行了。想起前几年五叔去世时，就是正在院子里干着活，不知怎么突然间倒地，不到一刻人就走了。

在这世上，创造生命是一个何其艰难与漫长的过程。一个细胞与另一个细胞在千万次的机遇中邂逅。经历了十月怀胎的漫长，一朝分娩的艰辛，才来到这个世界。然而，生命的消逝，却大多都是那样突然，就在呼吸一念之间，消失与存在便分明了然。

人生无常。无常的人生中或许有几分冥冥之中的注定。

春节时，我们去看望三娘，已将近八十高龄的她，仍然自己一个人住，一个人吃。她关心地问孩子，还有我们的工作。说话时，声音高亢而洪亮，絮絮不止。她告诉我们，自己现在特别能吃，每顿都要吃差不多一个馒头，怎么老了老了，还这么能吃，真是浪费。没想到她就这样走了。

我总以为，三娘一定是一辈子在村子里待久了，她想出去看看，决定这次出趟远门，去看看儿孙们口中常谈论的外面的精彩世界。于是，她就这样使了个诈，骗了所有人的耳目，有了一个出门的理由。

在我们本家里，他们这一辈的几个老人也走得差不多了。公公家一共弟兄五个，他排行老四，现在只有公公、婆婆、五妈三个健在了。一大家人，枝枝叶叶的，到我们这一辈上，我已是排行老十了。如今，侄孙都好几个了，我都开始应奶奶了，虽然觉得特别别扭。但他们还是坚持称呼，说这是铁打的辈分，说什么也不能乱的。平时不太见面，每次见面，我只得硬着头皮撑着长辈的身份。

丧事按部就班地进行，本家的大大小小光孝子就好几十个，大的小的，挤满了院子，白花花一片，很是热闹。当然，嫡亲的儿孙都显得没有太多的悲伤，更不用说其他的人了，大多也只是去凑凑事情了。其实平时，除过逢年过节看望本家长辈一回，其他的时间，各忙各的，也不怎么来往。时间久了，即使是本家的，也自然疏远了。但再疏远，一旦遇到事情，亲情又会把他们聚在了一起。

哀乐奏响,一路白幡随风飘荡。我跟着送葬的队伍,来到坟地。坟地是一片平整的土地,栽有一排排碗口粗的梧桐树。树下,就是我们本家的坟地。一个个坟堆排列着,坟上疯长了荒草,还有不知名的灌木,在这暮春时节,茂盛得有点荒凉。我数了数,有十几个吧。随手指着一个坟堆问妯娌:"这是谁的?"所问者一脸茫然,虽然她们整天也生活在这片土地上。就连前几年才去世的五叔,他们指指点点,半天也不敢确定是哪一个。下葬,填土,围堆,扎花圈,烧纸,哀乐……一切按部就班地进行。只有三娘最疼爱的小女儿在悲戚地哭着,大部分人面无表情地站在旁边,身后几个喋喋不休的女人,谈论着关于孩子在城里买房子、考学之类的话题。这哭声本与她们关系不大,或者毫不相关。还有本家的一个妯娌说自己的儿媳这两天就要生了,言谈中,将要当奶奶的喜悦溢于言表。我发现自己成了多余的人。

去的去了,来的来了,岁月就是这样简单往复轮回。生命的消失不过就如一个流星从空中闪过般短暂。消失与出生,除了至亲的人,对于别人来说,似乎是可有可无、自然而然的事了。就如一滴水瞬间消逝、一棵树轰然倒下般正常。或许人们已经习惯用一种无所谓的态度去面对人生的无常,逃避抑或超然,或者其他。

年长的妯娌告诉我,这块地就是我们这一大家的坟地。那口气,好像是生前一家子,死后我们还要聚集在这片土地上,继续作为一家人。不知怎的,瞬间我感到了一种莫名强烈的恐惧。若我将来眠于这片土地,和这些不太熟悉的长辈、妯娌一起,会不会感到尴尬与不适?然而,这又是肯定的。从内心深处,我从来没有把这里当作自己的故乡。我不在此处,又能在何处?我想起爷爷奶奶,还有父母,想下辈子还做他们的亲人。可是,这又是怎么可能的呢?想到这些,固执的我久久地陷入一种深深的无奈与绝望之中。或许,到时成为土灰一把,随手撒在任何一片草木河水之间,生命源于大自然,又归于大自然,也许这是最好的归宿。想到此,自己岂不是庸人自扰了?人生几十年时间里,茫茫人海中,熙熙攘攘地你来我往,留下念想的,莫过于生活中细小的琐碎所堆积成质朴的温暖——生前有暖可取,身后的一切也就无所谓了。

生老病死,本是人生常事。每一个人,从一出生,都会向着一个目标——死亡慢慢走去。其间,不过是有的人走得慢点,有的人走得快点。病魔,有时也会携着死亡朝着每一个人慢慢相向而来。任何人无一例外。时光慈爱而又残忍。它就如一个巨大而幽深的黑洞,每个人的生命、财富、青春等所有的一切,最终都会被时光无形的巨手扼住咽喉,毫无例外地一一卷走,化为乌有。纵然我们有太多的恐惧与无奈。

你我注定是时光的匆匆过客。

只有臣服命运的安排,一切顺其自然了。或许俯首,不是人性的懦弱和逃避,而是熟谙自然规律后的一种认同与对话，从而多一些智慧去参悟，去从容面对。

老宅

提起老宅，我总想起老家院子里的那座老老宅。

老老宅里的光阴，足以让我回忆一辈子。

现在的老宅是一座二层的楼房，这也有三十余年的时间了，是在父亲的手里盖的。虽然三十多年漫长的时光，相当于一个人的半辈子光阴，但也足以让一座新房子涂抹上岁月的痕迹，称之为老是一点也不为过的。

在我的记忆里，最想念的却是儿时的那座低矮瓦房，它陪我度过了十几年的时光。这座瓦房是爷爷在世时盖的。相对于现在的老宅，它显得更老，所以我总习惯叫它老老宅。老老宅是一座典型的北方民居，坐北向南，一明两暗，中间是堂屋，东西两边各一间住房。东屋是老奶住着，西屋是爷爷奶奶住。堂屋大门上，是一面深红色的匾额，写着"耕读"两个隶书大字。屋顶统一是用厚厚的木板棚着，从中间堂屋踩着梯子上去，上面就是一个很大的储藏室。每年，晒好的小麦、玉谷、黄豆之类的粮食，就全部用蛇皮袋子装好，扎紧口袋，扛上去放置好，这便是全家人一年的口粮。院子的东侧则是一座三室的平房，父母和二叔分别住一间。最靠边的一间，是牲畜的草料房。

农家人的收成都在储藏室里，那里丰盈了，一家人的底气就有了。而储藏室最怕的就是老鼠，为了防老鼠，家里想尽了各种办法。如放置老鼠夹子，用电猫，用老鼠药等办法都尝试过，但诸如此类的办法总也不能完全阻止老鼠的偷食。老鼠既然生存于这个世界上，这个世界总有它们活下去的理由。到了晚上，一听到老鼠在头顶的板楼上窸窸窣窣地猖狂，老奶总要心疼地嘟囔骂上几句，这该死的小东西，又要糟蹋粮食了。第二天一早，老奶便要叔叔爬着梯子上去看看，看装粮食的袋子是不是咬破了。最后，还是老奶专门从邻居家抱来一只猫，养在家里，到了晚上，便把猫放到板楼上面，自此以后，每晚睡觉就踏实了许多。

　　自记事起，我们姐弟三个，就轮流地跟着老奶、爷爷奶奶、父母睡。弟弟年龄小，跟着父母，姐姐有时跟着姑姑。我有时跟着爷爷奶奶，后来烦爷爷晚上打呼噜打得响亮，我就跟着老奶一起睡。尤其是冬天，每天傍晚，老奶的土炕热乎乎的。冻得手冷脚冰的我，一钻进暖和的被窝，老奶就不由分说把我冰凉的脚丫子抱在怀里暖，我不让，怕冰着她，她说不怕，抱着我的脚丫子就不放。老奶常拿出别人送她的好东西让我吃。老奶的屋子里，印象中总有吃不完的好吃的。老奶是菩萨心肠，村子里谁家要是有坎有难暂时过不去了，她就三元五元地帮扶，从不小气。老奶每月都有大爷的抚恤金。谁家生活改善了，自然不忘时不时给她送点好吃的。老奶常对人说，我行善积德，不为别的，就为我将来老去的时候不受太多难过。结果，老奶去世时，就是很平静地走了，没有受到一点点病痛的折磨。

　　老老宅对我还有一个谜，我一直解不开。老老宅里，常年总住着一窝鸽子，湖蓝色的鸽子，一身通透的蓝，除过一双小小如豆的忽闪忽闪的眼睛是黑色外，其他全是蓝洼洼的，仿若刚刚从染缸里飞出来一样。而我却喜欢叫它灰鸽子，这样叫似乎与住在老老宅里更妥帖一些。就如家里养的黄狗，叫上虎子之类的名字，亲切顺口。城市那些宠物沾着洋味的绕口名字，在村里倒是不合时宜了。

　　刚开始有几只鸽子，接着十几只，后来几十只，蓝洼洼的一片。尤其是每天早晚，老奶嘴里"咕咕——"地边喊着，边朝院子里撒上几把玉米、谷子喂鸡。鸡群争先恐后地啄食，房顶上的鸽子三个一群，两个一伙，"咕咕"地叫个不停。这时，总有几只胆大的鸽子，扑闪着翅膀也落在院子里抢食。每每看到这，老奶总是笑着，又从口袋里抓出几把玉米、谷子撒到院子里，念叨着："吃吧吃吧，都吃吧。"后来，这些鸽子连人都不怕了，竟然大模大样的，好像自己也成了这院子里的一员。只要一喂食，它们就像商量好似的"呼啦啦"地飞下来，一顿饱餐后，又欢快地扑闪着飞到房顶或者树上，情形很是壮观。当然，我们全家人也把鸽子看成了家里的一分子，专门在房顶放置了一个木笼子，给鸽子安了窝。奶奶总说，鸽子是吉祥之鸟，就和喜鹊、燕子一样，住进了谁家，谁家的日子就会红火。就连平时最爱干净的父亲，看着屋脊上、院子里到处都是白花花的鸽子屎，脏兮兮的，也从来不说什么。

有一次，我们缠着二叔用弹弓打麻雀，不知怎的，后来竟然误打死了一只鸽子。等到晚上时，我们偷偷把火炉提到前院一角，悄悄开始收拾了——拔毛，剖开，清理内脏，一遍遍冲洗，用调料腌制好，然后靠在烧得很旺的炉壁上，找个破洋瓷盆，倒扣着，给外面再糊上厚厚一层泥巴。一切停当，耐着性子等上半天，一股股的清香就会从炉缝中钻出来，诱惑着我们的肠胃。等到肉香越来越浓时，蠢蠢欲动的肠胃实在按捺不住，二叔经不起我们纠缠，就小心地扒掉边上一小块泥巴，凑上前，用鼻子使劲闻闻，闻了好几次，才终于说熟了，准备开吃。那天，我吃上了最好吃最美味的烤肉。最后，虽然我们把善后工作做得几乎是"天衣无缝"，没有留下蛛丝马迹，但这件事还是没有包住，爷爷知道了，他把二叔大骂了几天，差点没揍他。这也是我们对鸽子唯一一次的残忍。之后好几天，我都不敢站在屋檐或树下，甚至院子里——我怕失去亲人的鸽子，会闻到自己身上餐食的肉味，会不会有十几只鸽子一起冲下来啄我的头脸，或者把屎拉在我的身上来报复？但最终，这些担心都是多余的。谁让那个年代，营养不良的肠胃对于肉食的向往，是那样的强烈与不管不顾。其实，这一切都瞒不过几十双鸽子黑豆似的警惕的双眼，但它们最终选择了宽容和原谅。这几十只鸽子，就是从来不去别人家，几十年来，一直热热闹闹地挤在我家老老宅里。

我对鸽子充满了愧疚。

再后来,老老宅就拆了。父亲盖起了二层楼,这是我们村子第一栋楼房。那些鸽子还住在我们家,蓝洼洼的一房顶。原来鸽子也和我一样,喜欢怀旧。鸽子们整天在屋顶或树枝间"咕咕——咕咕"地低声商量着,谈论着人所不知的许多秘密,或者吃喝拉撒,或者分工协作。这些秘密对于它们来说,就是一些至关重要的大事,不然它们怎么整天絮絮叨叨地讨论个没完。我常常听着它们嘀嘀咕咕的声音,从叫声的节奏和音调的高低来判断它们的欢乐忧伤。只是关于它们谈论的内容,我始终一无所知,成为永远的谜。我想,它们中间肯定也分年幼尊长,也有分工合作,也有争论不休。要不,这几十口的大家庭,怎能不离不弃地相处在一个屋檐下呢。

住上新楼房了,我意气得不得了。夏天每到傍晚,我都会早早把二楼天台打扫得干干净净,等父母收拾停当后,一家人就在天台上乘凉,喝着茶,看着夜空上的星星,唠叨唠叨家事,不觉就睡着了。直到第二天太阳出来了,等到鸽子在屋顶扑闪地飞来飞去,我才肯起来。

父亲把院子西边的鸡窝拆了,开垦出一小片菜园子。栽上西红柿、辣椒、茄子、黄瓜、豆角、韭菜之类的蔬菜,家里天天能吃上新鲜的蔬菜。而母亲爱养花,则在园子垄旁栽上几株月季、兰草、绣球花、菊花等,每年春夏秋三季,姹紫嫣红,满院清香,惹得门外路过的邻居,总是在大门外,探着头伸长脖子,边朝里望边大声喊:"他婶子,种的什么花啊?这么好看,明年记着给我家也移上一株哦!"话音还未落,人却已走到了院子中间,看到红红绿绿的一片,不禁啧啧称赞起来。这时,母亲总是很开心地一一介绍着花儿的品种及栽培注意事项。

父母一直守着老宅,守着村子,一守就是几十年。前些年,父母年龄大了,身体又不好,在我们的再三劝说下,父母才恋恋不舍地锁上老宅的大门,离开了村子,来到了小城。可是,到了城里的父母,每隔一半个月,不嫌路途奔波,总要找借口坐着公共汽车回老家一趟。到家了,总是要把屋子前前后后、里里外外打扫一番。我们劝说家里又不住人,打扫干什么呢?可是说了好几次,父母依然我行我素。有人曾提出要买老宅,而且出了一个很不错的价钱,父母一听,马上就摇头,说这怎么行呢,老宅是我们的根,做人不管什么时候都不能丢了根本,等我们老了,还要回去。是的,他们惦念着老宅,怀念着老宅的光阴。虽然住进了小城,但内心深处,总会滋生一种莫名的寄居感。

也许就如父亲说的,房子再老都不怕,最怕的是没人住。没人住的房子就会老得更快。前些时日因其他事,回了老家一趟。大门铁锁已锈迹斑斑,房子外面的墙皮也开始掉落,菜园子早已荒芜了。猪圈里空荡荡的,屋檐下的角落已布满了蜘蛛网。甚是荒凉。才几年时间啊。老宅终究敌不过光阴的纠缠。

正伤感之余，突然间，从房顶飞下两三只鸽子，落在院子里，用黑豆似的眼睛呆呆地望着我，片刻之后，就欢快地在空中飞旋几圈，落在院子当中不停地啄了起来。似曾相识，鸽子们一定认识我！我和它们都是怀旧的。不然，守着空空的老宅，还有长长的光阴，一定会寂寞的。

面对鸽子，我心怀感激！

照相

去年腊月初九，在一场漫天飞雪中，我送走了八十多岁高龄的奶奶。

元旦时，我回老家看望奶奶。奶奶愈发显得瘦了。孱弱的她已说不出话，只是眼神里充满着莫名的渴望，紧紧拉住我的手不放。没想到，这竟成了诀别。

雪花飞舞，冷风刺骨。洁白的田野上留下了一行行歪歪扭扭杂乱无章的脚印。黄土高原上，老奶、爷爷、奶奶一排紧挨着，周围是漫天的白。时光的潜流奔涌着，往昔的一切如梦而来。

照片上的奶奶，柔和的轮廓，安静的眼神仿佛洞悉了世间的所有，一如平日般那样亲切。这是奶奶六十多岁时照的相片，照相时的情景依然历历在目。

从记事起，每年大年初一，我们姐妹三个都要早早穿好新衣，在家门口焦急等待摄影师的到来。父亲已提前和做摄影师的同学约好了,要来给我们照全家福。那时的全家福真是壮观。老奶,爷爷奶奶,三个姑姑、一个叔叔、父母,及我们姐妹三个,总共十几口人。先照全家福,然后给老奶、爷爷、奶奶单独拍。给奶奶拍的时候,很少照相的奶奶把头发梳得一丝不乱,衣襟整齐,端端正正地坐在太师椅上,显得很拘谨,好像这是一场无比隆重的仪式。半天她手不知该放在什么地方,最后只好规规矩矩地把手平放在腿面上,一只手里还捏着叠得整齐的手绢。摄影师很有经验,这时,他并没急于拍照,而是边调焦距边和奶奶拉着家常,在奶奶神情最自然的状态下,趁机"咔嚓"一下就好了。奶奶的笑容就永远被定格在胶片上。

后来,全家福上的人就渐渐不断变换着,先是几个姑姑出嫁退出了,接着老奶走了,但又添了婶婶。再接着,又多了堂妹堂弟。再后来,爷爷奶奶相继而去,弟媳和侄女又加入了全家福。时光就是这样,晃来晃去,一声声"咔嚓,咔嚓",四世同堂的幸福就镶嵌在镜框里,它见证着我们家族的光荣,多少人生的故事与艰辛,都被全家福上的笑所消融。

我家的堂屋中间,一直摆放着一张冲洗放大的黑白照片。照片上是一个年轻英俊的小伙子,脸部棱角分明,刚毅又不乏清秀。老奶告诉我,这是我大爷(爷爷的哥哥),当飞行员的。

当年,老爷(指曾祖父)去世得早,就留下老奶拉扯着两个儿子过日子。日子过得极其艰难,这些自不必说。有一年,因为家里交不起公粮,为了抵债,大爷被拉到县里当了人质。谁知,大爷因祸得福,正好被县上的某个官员遇见,他见大爷眉目清秀,聪明乖巧,甚是喜欢大爷,于是就把大爷认作了干儿子。从此,大爷有了读书的机会,聪慧的大爷读书刻苦又勤奋,后来去了部队当兵,接着就进了黄埔军校,当了飞行员。"文革"期间,大爷又因福得祸,不能避免地也遭受迫害,说他是国民党潜伏特务,日夜批斗。大爷不能忍受屈辱,写了封遗书,把衣服整整齐齐地叠好放在黄河岸边,便跳进了黄河。后来家里不管怎么找,也没找到大爷的尸体。也有人说,他去了台湾。但最终怎么样,谁也不知晓了。含冤跳河的大爷,最终也平了反,洗清了冤屈。大爷的一生让人唏嘘不已。

生活如此突变,老奶一个妇道人家,又能怎么样。这成了她心头最痛的伤疤,从来没人敢在她面前提这事。之后,老奶拉扯着爷爷,颠着一双小脚,辛苦地经营着每一天,把日子过到现在十几口人的大家庭,其中的艰难与不易又有谁能体会与知晓?老奶泡脚的时候,我见到过她的那双因裹脚而已变形的小脚,脚也只有三寸多长,小指与无名指的骨头已完全折断变形,朝里贴着脚心,凹了进去,惨不忍睹。泡完脚,老奶总喜欢用剪刀仔细地剪去脚底那厚厚一层老茧,仿佛剪去了岁月留给的所有沉疴。每年一到大爷的忌日,老奶都要独自拄着拐,去村子前的沟底,悲怆地大哭一场才回来。也许只有到了这一天，老奶才能找到理由把内心积压的委屈全部释放。后来，哭得多了，老奶眼睛不好使了，常常让我给她拔眼睫毛。

　　大爷在世最疼父亲，父亲也想念大爷。有次，父亲去郑州出差，碰见有一个人的背影特像大爷，就一直紧跟在那人后面，结果差点被人家误解成坏人要报警。

　　看到照片里英俊的大爷，平时从老奶、父亲的嘴里零星地知道关于大爷的一些情况。我从未见过大爷的面，却常以大爷是飞行员，而在小伙伴面前多了一份炫耀的资本。当别人问及大爷后来怎么样，我总是很神气地回答，现在在台湾呢。是啊，一家人的心中何尝不是期冀着大爷好好的呢？

　　一张张薄薄的胶卷照片，禁不住时光的冲蚀。那时，难得去照相馆一趟，寻常的日子里也没有照相的条件与理由。哪像现在，手机"啪啪"一拍，传上微信微博，晒晒秀秀，自得其乐。从记事起，我就一直以为照相是过年很隆重的一个节目。因为，作为长房长子的父亲，把照相当成了一种仪式。

　　春节时，我去看望父母。姐姐一家，还有弟弟一家都难得聚在了一起。父亲就对我们几个说："今天咱们家人最全，就照个全家福吧？"父亲征求我们的意见。他的话刚一出口，姐姐就知晓了父亲的心思，赶忙说现在照相这么方便，以后随便什么时候都成。听母亲说，奶奶走了后，父亲的心思就更重了。我晓得父亲在想什么了。爷爷奶奶走了。长辈在世，就好比挡在生命最外围的一堵墙，即使再破败不经风雨，但只要他们挡着，子女心里就觉得踏实，觉得一切都还很遥远。对于父亲是这样，对于我们更是这样。我这才发现，时光原来无疑就是生命的最大预谋者。

时光一定是有脚的，我依然这样固执地认为。不然，昨日的父母年轻美丽，而今天额头不知何时已爬满了皱纹，脚步开始蹒跚；我还没顾得体味青春年华的甜美，就仓仓促促地迈进了中年；昨日儿子还在襁褓之中嗷嗷待哺，如今个头却已高出我许多；昔日门前的柳树细弱得不经风雨，现在却高大得绿荫葱茏……这一切的一切，或许都是时光赐予我们的印痕，成长或衰老，艰辛或苦难；同时它又不会空手而归，它要带走一些什么，幸福或青春，生命或财产。生命从来都是这样残酷而公平。人最终可选择的，或许就是在对时间不断地无效抵抗中，渐渐参悟人生的真谛，在生命面前俯首倾听，在漫长修行中逐渐抵达人生的圆满。

不管岁月如何蹉跎，我想对父母说声，你们一定要好好的，好看着我们幸福。也想对儿子说，我们一定会好好的，因为要看着你幸福。

(原载《散文选刊》2016年第8期)

破　　茧

一

日子仿佛被锯开了。空中，地面，甚至裙角蕾丝花边的皱褶里，都落上了一层细细的碎屑，白森森的。

晓云觉得要变天了。这种感觉愈来愈强烈。

前段时间还一切如旧。每天清晨，太阳总是在七点四十分左右，从东边的天际慢慢冒出来，一点点努力地升高。再朝东，是横穿小城唯一的河流，这条河有个美丽的名字——彩涧河。彩涧河从秦岭深山奔腾而出，穿过这座横倚在山脚的小城，一路向北，最后汇入黄河。

河的两边是顺势而建的公园，公园有个奇特的名字——路园。路园，顾名思义，就是设计了许多弯曲回环的小路，如许多线绳缠绕在草间和树林里。晓云第一次听到这名时，觉得特别新奇。

公园弯弯曲曲的小路上，每隔一段距离，路面上就会镶嵌一块黑色大理石石刻，上面刻着以全国各大城市命名的"某某站"字样，以及标注着与这座小城的里程。这些站牌，仿佛一下子把偌大中国的众多城市都会聚在了这里。这座名不见经传的小城，瞬间就与这些"大腕"级城市扯上了关系。

路园到底有多少个站牌，晓云从未数过，倒是儿子数过好多次。她常常带着儿子在这里转。自己和儿子在这里具体转了多少次，她也记不清了。但有一点她很确定，公园从建成到现在至少有十八年了。再确切一点的话，应该是十八年半。这一点，倒显得她的记性特好。

十八年前的那个夏天，她刚到这座小城工作。那时，儿子才九个月，还抱在怀里呢。她怎么都不会忘。初居小城，没有房子，她就住在一间租来的房里，卧室客厅兼厨房，一室多用。一到周末，路园就成了她首选的去处，因为离她住的地方只有几分钟的路程。后来，儿子学会了走路，他们更是成了这里的常客。就在前几天晚上，儿子还和她一起到路园转了一圈。

每次去路园，儿子对路面石刻上的字都特别感兴趣。儿子的汉字启蒙教育，差不多就是从这些站牌上的城市名开始的。

"妈妈，西安是个什么样的城市？有我们这里美吗？"

"妈妈，上海离我们这里远不？一千公里有多远啊？是不是得坐绿皮火车才能到？"

"妈妈，北京的楼房有多高啊？你说，北京天安门有咱这里大不？"

"妈妈，你最喜欢哪座城市，到时我大学就考到那里，在那里工作赚钱，把您接过去。"

"妈，哪座城市的发展空间最大？最适合居住？……"

一晃就是十几年，儿子的这些话不时在耳际响起。这些站牌依然镶嵌在弯曲的小路上。整天被无数只脚踏过，表面被磨得黑溜光，上面的字也不那么清晰了。

二

去年，家属院的东边，不知不觉间，冒出来一栋高大的建筑物。灰突突的高楼不仅挡住了每天如约而至的阳光，还硬生生地把路园与彩涧河扯出了自己的视线。每天晓云习惯性地站在阳台上，朝东望望路园。当初在这里买房，一是离上班的学校只隔着一条马路，再就是离公园近，站在阳台上就可以享受"河景房"的待遇。

彩涧河在阳光的照耀下泛着一道道银光，若一条白练随意横斜在小城。而现在，眼前突兀出现的几栋高楼挡住了视线，仿佛正兴趣盎然地看着电视节目，突然间没了信号，被刷成了黑屏。

晓云心里有一百个不情愿，但自己也没有任何办法。她也曾想着联合其他住户，一起去反映。然而，最终她也只是想想而已。其实,这样的问题无疑是一种慢性疑难杂症,哪一种药都起一点作用,可就是没有一种特效药来除根,半死不活地拖着,久了,便也不了了之。

晓云总喜欢和别人开玩笑说,真是换天了,我家的时间总比别人晚一个多时辰。

先是挖掘机"轰隆隆"地开过来,张牙舞爪的。才几天工夫,打井架就支起来了,接着没日没夜的"咚咚——"声,敲击着整个夜晚,听了让人心慌——那声音钝钝的,厚厚的,永远不知疲倦地踩着同一个鼓点,仿若非要把夜打出几个深洞才肯罢休。挺着大肚子的搅拌机,也应约而来。一根根钢管横七竖八地支起来的高脚架,拉开了阵势。一群戴着安全帽的工人,如蚂蚁般不由分说地忙乎起来——挖地基,灌水泥,砌砖墙……水泥砖墙如雨后的韭菜,一天长高一大截,一层,两层,八层,十层,十六层……那红砖水泥筑成的墙面上,镶嵌着一方黑黑的窟窿窗户,和城墙上的碉堡眼一般大小。

晓云数着数着,就有点眼花。从地面到天空,眼睛一直专注地盯着,脖子也随着楼层的增高渐渐抬高。若是一不小心眨一下眼,就会数错。晓云很有耐心地从最低一层往上数,一层,两层,五层,九层,十五,十六……就这样,数来数去,一共数了几个来回,脖仰得有点酸困,结果也没能有个准数。反正,她数来数去,不是二十五层就是二十六层。

管它二十五还是二十六呢,这高楼再高与我也没半毛钱关系。然而,让她想不通的是,为啥现在人都爱住在几十层的高楼上?反正她不喜欢。

有一次,晓云去一个朋友家玩。朋友住在二十四层。上下晃动的电梯跟袋鼠似的把几个人揣在怀里,一两分钟,就升到了二十四层。她站在窗口,朝下望去——小城高高低低的房子犹如参差不齐的棋子,慵懒地躺在那儿。城市里宽的、窄的、直的、弯的……条条道路犹如麻绳把这些棋子拴在裤腰带上。一阵凉风吹来,她突然感觉有点迷离,脚下轻飘飘的,好像一脚深一脚浅地踩在了云上。住这么高的楼,心里整天恍恍惚惚,一点儿也不踏实。万一哪天地震呢?其实,她也知道自己不过是找借口罢了。

然而,不管晓云喜欢不喜欢,反正小城里的高楼一栋接着一栋拔地而起,比韭菜长得还快,它们是不是要和大城市的摩天大楼比高呢?想到这里,晓云偷偷笑自己,啥逻辑,小城不知都排上多少线的城市了,况且,盖楼怎么能和种韭菜比呢?她想起小学时,老师常常让用成语造句,有次她用"雨后春笋"这个成语造句,老师表扬了她。具体造的什么句子,她早已记不清了。只记得,从那次以后,她对于成语,不知怎么就有了一种莫名的热衷,还悄悄花了几分钱,专门买了个硬皮印花的小本,用来记录成语。

这几十年,天天处在小城里,每天两点一线的直线生活,晓云并没觉得周围有啥变化。其实,有啥变化晓云也懒得去凑热闹。倒是刚毕业时，自己在乡村学校教书时，短短几年工夫，小城就发生了翻天覆地的变化，那速度快得令她手足无措，有点儿跟不上眼前的变化。

1995年，晓云师范毕业被分到了乡村教书。和她一起毕业的同学，许多人都找关系分到了县城。晓云父亲只是个小职员，也没啥关系可找。父母能供自己上完师范，就已经很不错了。再说，自己从农村来，毕业了回村里去，这是再正常不过的事情。

时光一晃就是四五年。其间，作为学校骨干教师的晓云，参加县里的教研活动。每一次到小城，晓云都会发现或多或少的变化。碰见了许多老同学，她这才知道，虽然都是拿着每月297元的工资，但自己与县城同学的差距却在一点点地拉大——不仅仅是工作上。

自己当初可是班里的佼佼者啊。自从那次开会之后，晓云就常常一个人陷入沉默。

三

没过多长时间，晓云就意识到，自己以前真的错了。眼前这座拔地而起的高楼从此与她有了千丝万缕的关系。晓云家的日子也在因这座高楼而发生着变化。

最让她懊恼的是，每天清早，站在阳台上，要等到九点多才能见到太阳，而且仅有窄窄的一缕阳光吝啬地掠过高楼顶端，穿过玻璃，斜照在阳台的天花板上。要在以往，她早早就能看到黄灿灿的暖阳了，满阳台都是。阳台西边养的花草一见到阳光，就攒足了精神，叶子直竖起来，抖擞得很。每逢周末，遇到有阳光的日子，晓云就觉得心情大好。她冲上一杯花茶，关掉手机，坐在阳台的藤椅上，安静地读书，享受这奢侈的闲暇。若非要给幸福生活下定义的话，晓云认为这样的时光对于她来说，就是最好的幸福了。

晓云是个极易满足的女人。有时即使自己受点委屈，也不去和别人计较。

可是现在，一种莫名的伤感涌上晓云心头。她等到九点多，阳台上还不见半点阳光。十几盆花花草草仿佛也有所感染，蔫蔫的。晓云转过身，朝东边的高楼愤愤看去，恨不得用孙悟空的金箍棒，"哗啦"一棒挥过去。高楼后面的阳光，就可以畅通无阻地照进来。

晓云沉浸在臆想中。

"以后这该死的高楼总会这样霸道地挡住阳光。"晓云开始怀疑以前自己从来都深信不疑的一个真理——无论贫贱富贵，世上最公平的就是空气和阳光。像晓云这样的人，早已过了用鸡汤来增加营养的年龄。只是从来，对于这勺鸡汤，她都没拒绝过。

然而，最令晓云深恶痛绝的是，她从小就有的一个嗜好——晒被褥。一年四季，每隔几天，她就要把家里的大小被褥齐晒一遍。一旦遇上阴雨天，晒不成，晓云就觉得骨头像生锈了一般。晓云喜欢晚上闻着阳光的味道入眠。她从小气血虚,一到天凉,手脚也跟着拔凉拔凉的,有点瘆人。她总自嘲说,自己天生就是冷血动物。晚上在被窝里,她总喜欢把身子圈起来,怀里抱满被子,缩成一个椭圆的球状,仿佛只有这样,才可以抵御随时而来的危险,觉才睡得踏实。

这个癖好,是晓云上初中时偶然间养成的。初中要住校,那时的宿舍都是三四十人的大地铺。每逢周末回家,母亲总要提前晒好被褥。晚上,晓云睡在蓬松的被子里,舒服得连做梦都是暖的。这些年,只要有太阳,晓云就要把被褥晒晒。即使在炎热的夏天,也没有间断。因此,家里的被罩显得特不耐用,纯棉的被罩不到半年,就褪成旧色,洗的时候稍稍用力一点,就会"刺啦"一声撕个口子。

有好几次,晓云习惯性地抱起被子,才发现阳台上阴冷阴冷的。过了好大一会儿,溜进来窄窄的一缕阳光,在天花板上不停地晃动,好像故意挑逗着她。她发了好久的呆,然后一股脑儿地把被子揉成一团,狠狠地扔到床上。

四

晓云没想到,自己竟一语成谶。

下班刚到家,还没顾得喘口气,老公就迫不及待地和自己商量换房子的事。

你这么怕冷,你看东边又起了一座高楼,咱家现在的房子没暖气，不中就换套带暖气的房子。

好啊。你啥时候开始知道心疼老婆了。

晓云心里一热，自从东边矗起这栋高楼以来，她就有了换房子的想法。换一套至少阳台朝阳的房子。这套房子是自己调到县城几年后，父母帮忙买的，不觉间也快二十年了。但要换新房子，对于她和老公两个工薪阶层来说，不亚于一项规模宏大的工程，自然需要一个漫长的过程。

缓几年吧。再攒几年。虽然这些年，工资涨了好几倍，可房价也毫不怠慢，差不多赶上刘翔的速度了。

还等啥呢，人要紧。一到冬天，家里冷得和冰窖一样，你以为我不心疼啊？

可现在的房价实在——晓云回到了现实。她向来不是一个物质女。想当初嫁给老公的时候，老公家里一穷二白，结婚当天待客酒席的份子钱都用来还账了。就这样，晓云也从来都没有说过什么，图的就是他能对自己好。

身边许多朋友的日子过得分分合合，波澜起伏。这些年来，晓云的日子虽然平平淡淡，倒也幸福知足。所以，晓云一直为自己庆幸。结婚二十多年了，老公总是凡事先替自己考虑。想到这，她心里暖暖的。

要不这样，咱们买不起新房，就先换一个小点的二手房，只要有暖气就行，还可以余下一部分钱，行不？老公用商量的口气，征询晓云的意见。

啊！怎么能这样？你以为换房子跟换衣服一样？这不是

瞎折腾吗？这套房子都住了十几年了，这么长时间都熬过来了。再说，我哪会这么娇气。就是要换，也只能换更大更好的。

长久的沉默。

没过几天，老公又提起同样的话题。

晓云有点儿不耐烦，想都没想，就以同样的理由拒绝了。突然，她觉得这事有点儿蹊跷。商量过的事情，放在以前，老公是不会再次提起的。

又是一阵沉默。屋子里有种诡异的气息。她说不清，这种气息是从何而来。一丝不安的情绪传染了她。

晚饭后，她像往常一样，收拾洗涮完，灌个热水袋坐在被窝里，正要看书，这时，老公又笑着讨好地说，我想通了，为了让你早日住上带暖气的房子，我现在得创业奋斗啊。

好啊，才知道要奋斗啊。不过，现在为时还不晚。我支持你！

跟你商量一件事，我想炒股。我都研究股票一年多了。

炒股？坚决不行！一听这事，晓云连商量的余地也没有。

可是，刚刚上道的老公怎么会听她的话。反过来对她一番苦口婆心的洗脑——你自从嫁给我，就没过上几天好日子。你看，儿子马上就要大学毕业，找工作，找对象，还要买房子，这一大堆的花销，凭咱俩每月的工资，恐怕到时连房子的首付都承担不起。我现在这个年龄，再不拼一把，这辈子就算彻底完了。你放心,我会特别谨慎小心的,我总不能把家往火坑里推啊。

是啊,老公说的都是事实。记得,刚结婚那时,一个月只有三四百元的工资,有时还要延时发放。同事们先后在县城买了房子,而她住的还是租的房子。后来,她生了儿子,进了县城,买了房子。这些年来,他们俩省吃俭用,才把买房欠的账还完。谁知,刚喘口气,没想到,他又想折腾了。

晓云明白,老公的初衷没错。他是个极孝顺的人,每次回农村老家,总是想方设法哄老人开心。他也是个很知道感恩的人。婆婆四十多岁有他,是三个姐姐一直照顾着他。看着姐姐们的日子过得紧张,他爱莫能助,悔疚之心自然而生。

炒股的事,老公软磨硬泡,在晓云的耳边说了几十次。

你要是再不让我干点事,还别人的恩情,我这辈子活得多窝囊,难道要我愧疚到死?

那你干啥事都成,就是不能炒股!

除了炒股,我还要上班,时间上限制我还能干成啥?

那不成,反正炒股就是赌博,坚决不能!

不干可以。我这辈子就栽在你手里了!

你的这辈子栽不栽与我有何干?

我非要活出个样,让亲人都过上好日子!

现在就挺好的,吃饱穿暖,你以为你是救世主?

……………

两人不知争吵了多少次。最后，晓云实在烦了，也实在累了，她不想落下他一辈子的埋怨。那就让他到海里扑腾几下，看看他究竟是个小虾米还是条大鱼。可是，这样的事情一旦开了口子，就很难收住。

股市就是欲望的旋涡。旋在里面的人，有几个不是迷失自我被贪欲牵绊其中？结果只能是越挣扎陷得越深。

五

东边的高楼终于起来了，外墙贴上了瓷片，在阳光的反射下，光鲜靓丽。晓云一看到这颜色，就感到一阵眩晕——这一片猩红仿若一场激烈的厮杀后，狼藉战场上凝固的血色。晓云以前是不晕血的。她突然想起，这还是去年到南方时落下的毛病。那天晓云在湖边早市上买鱼，小鱼摊上有十几条鱼，眼珠血红向外凸着，时不时有气无力地动一下，以证明自己还活着。自此之后，她只要一看到类似血色的东西，瞬间就会产生眩晕。

晓云须仰起头才能看到楼顶。这么一栋心怀叵测的怪物，怎么就硬生生地把天空截得支离破碎？

不到两个月，西边只隔条马路的地方，又魔术般地矗起两座高楼。夕阳从那刚刚搭好的高楼框架中透射过来，被筛成一缕一缕的，像个巨大的蜂窝。"蜂窝"盖好了，人就成了整天不知疲倦的蜜蜂，到处寻找花源，采蜜，储藏，忙碌地过活。

没几天,南面几排低矮的瓦房也在挖掘机的啃噬下,成了废墟。北面曾是一个偌大的花木场,晓云常到这里转。二十多年来,家里的花木全是从这里挑选的。她养花的技艺,也是花木场的老师傅教的。可如今,一夜之间,花木场说没就没了。里面的花草也慌忙拖儿带女地迁离,实在没法迁走的,就坚守着前赴后继地枯荒。养花的老师傅摇摇头,叹了口气,头也不回地走了。

花木场的北边,是耕地。玉米刚收获完,秆子还没顾得上收拾。一阵风吹来,枯黄的叶子就"沙沙"地响,此起彼伏。

很快,晓云的家就被东西南北方向冒出来的石林所包围。

一栋栋高楼,从天空一点点逼迫而下,仿佛一张偌大的网,从四面八方逼迫而来。晓云的家所在的小楼,前后只有两栋六层——相对于这一圈的高楼大厦,更是相形见绌,像个小跟班。在这里,没有先来后到的规则,有的是庞大的体格,以及财大气粗的霸道。也是,单单从外形来看,不管怎么样,这两栋矮楼,就是神气不起来。

晓云闷得慌。其实,她比这两栋房子还着急,恨不得立马逃离这里。生活中没有什么比剥夺阳光和空气这种最基本的生活权利更残忍了。

逃到哪里?晓云也不知道。日子还是要继续的。她依然一天天地穿梭其中,看着那几乎从一个模具里倒出来的高大蜂巢,不免生出几分羡慕。不过她也是极易满足的,这个小区当初是迎着新世纪的曙光单位集资盖的。资历尚浅的晓云,根本挨不到边。后来,孩子要上幼儿园,她才从同事手里转买了过来。虽然多掏了一些钱,但不管怎样,一家人总算有个窝了。

空间的逼迫围攻,视觉上的日益狭仄,只要一抬头,头顶巴掌大的一块天,总有种井底之蛙的感觉。

"今天搬家啊,新房在哪里啊?"看到同事在忙乎着装车。

"是啊,咱这里真是不能再住了,你看周围的高楼几乎围了一圈。你准备啥时候搬家?"

"啊啊,也快了快了……"晓云心不在焉,口是心非地应着。

最近两三年,小区里,陆陆续续地搬出了一些住户。接着,又隔三岔五地搬进了一些人。陌生的面孔越来越多,大多都是孩子上学来陪读的。等孩子一毕业,就又立马走人了。

几十户人家,晓云差不多成了留守在这里最久最老的住户了。陆陆续续地有人搬出搬进,给小区暂添了几分热闹。

晓云叹了口气,抬头望望,头顶被切割成几何形状的天空,仿若一道简单却无解的证明题。

六

　　一连几天的秋雨，气温骤然下降了许多。路园冷冷清清，路面上积满了厚厚的落叶，踩在上面，沙沙作响。

　　出去透透气吧。午饭后，晓云一家人来到路园。天凉了，来路园散步的人也越来越少。

　　公园空旷了许多。空气微凉，枝叶疏淡。清碧的湖面上，偶尔掠过一两只不知名的水鸟。晓云心一动，连日来的沉闷一下子烟消云散，若脱笼之鹄，脚下也轻快了起来。

　　路面润润的。路牌在雨水的冲洗下，显得更加清亮。

　　迎面走来几个小伙子，他们疾步向前，左右摆臂，夸张地扭着身子，是在竞走比赛。领先的是一个穿着大红T恤的小伙子，子弹头，宽短裤，脚蹬蓝色耐克球鞋。

　　经过一座小桥，大红T恤突然左拐，奋起一跃，企图从桥头左侧的土堆上跳下来。谁知，还没等其他人反应过来，就听见他"哎呀"一声坐在了地上，龇牙咧嘴。脚扭了。

　　"看！就你歪心思多，想抄近道！""别说那么多，赶紧去医院……"几个人搀扶着红T恤，一瘸一拐地离开了。刚才热闹的竞走也因这突如其来的插曲而告终。

　　"海南站""桂林站""南京站""郑州站""洛阳站""灵宝站"……一站接着一站，晓云与家人绕了一大圈子，按部就班地又走了回来。

这些站牌标注的城市，只有很少一部分晓云去过，而大部分，对于她来说，仅是一个个简单的符号，她从未想过自己何时能到这些城市。其实，去不去这些地方都已无所谓了，晓云安慰着自己。人生不过是由无数个遗憾穿成的念珠。

这些年，晓云一直都没敢停下脚步，走过了人生的一个又一个驿站，老老实实地一直向前行进。她不会取巧，更不会审时度势地投机。她固执地认为，人生就是一步一步走出来的，也是一站一站走过来的。

老公的电话响了。是他的一个酒肉朋友，借钱的。因炒股。

想起前段时间自己对老公的霸道和强势，晓云感到一阵庆幸。

粗茶淡饭的日子，平淡辛苦地经营，在一方围城里，为自己，也为别人。

"快看！"儿子大喊一声。原来路边一棵高大的松树枝上，爬满了蚂蚁。这些蚂蚁到底在忙什么？是忙着搬运食物？可是，不管上行还是下行的蚂蚁，都没有搬运任何食物。那一定是蚁族里发生了什么重大的事情吧？或是它们的大本营在雨水的侵蚀下突然倒塌，或许是突然有异族入侵？可是，眼前的蚁群并不是慌乱一片，它们上上下下，各自按照各自的路线，很有秩序。晓云猜想着。

儿子会不会去猜想这些问题呢？她不知。

一场小小的雨，或许就可以给蚁族带来灭顶之灾。拳头大的一块土坷垃，对它们来说就是一座横亘在身前的大山。然而，每一种小生物，面对蓄谋已久或突然而至的灾祸时，都有着自己的一套生存智慧与法则。人亦如此，有时你对人生所有的规划，抵不过命运一次不怀好意的安排。不管怎样，自然之道，便是万物之道。

　　"再过五站，我就到深圳站了。"儿子提醒道。

　　深圳是儿子喜欢的城市。眼前短短几站的路程，为了这个梦想，儿子却要奋斗十几年甚至几十年。

　　在每个人的内心深处，总会涌动着这样那样的欲望。这些隐秘的欲望，就如一根根闪亮而绵长的细丝，它一圈圈缠绕，一点点用力，不觉间，一个厚厚的茧便会束缚着自己——身体与心灵。

　　许多时候，破茧成蝶只是个美丽的谎言。华丽转身的毕竟是少数，大多数人都注定困在自织的茧里，自以为是又心安理得地过活着。

　　树叶在雨水的冲洗下更加明亮，湖水隐隐涌动着向前，泛起一道道涟漪。晓云有种莫名的悸动。

　　逼仄的小区里，陆陆续续有住户搬离。空间的转移，或许暂且能安顿一下疲惫的身体。然而，内心深处无穷疯长的欲望，又该如何安顿？

　　清晨，耳际又传来《运动员进行曲》。学生开始上操了。铿锵的音乐，整齐洪亮的口号声，从窗口扑涌而进。每听到这些，晓云心头总是一振。起床的军号声，整齐的脚步声，舒缓的眼保健操音乐，还有那嗓音浑厚的男中音诗意朗诵——这些每天都会按部就班地从头到尾播放一遍，晓云就一遍又一遍地听着。

时间长了，晓云能从相同的乐音中分辨出细微的不同——哪天孩子的脚步声有点杂乱，哪天男中音更富有磁性饱含感情，甚至她也会跟着舒缓的眼保健操音乐闭上眼睛，享受几分钟的休憩。晓云的生活也随之一张一弛，变得富有节奏和弹性。

时光的腐蚀，总会透支人对生活的热情与好奇。这一点，无疑是最让人无奈和沮丧的。每天除了依然对美食和睡眠保持不衰的兴趣，晓云已习惯沉浸在这交响曲之中。

"可你总是笑我，一无所有。难道在你面前，我永远是一无所有……"久违的音符穿透耳膜，遥远的记忆恍然重现，青春、熟悉、感动、兴奋、迷惘、伤感、温暖、激情……诸如此类的词语扑涌而来，晓云身上的每个细胞迫不及待地活跃起来——若桑拿之后的酣畅淋漓，她顿觉身轻如燕，仿佛要飘起来，穿过那一栋栋高楼，向云端飞去。

我的可疑身份

一

一份长达七八页的表格,纵横交错的直线,织成了一个个长短不一、大小不同的方格,像一张巨大无形的网,一点点打捞着我几十年生命中的所有。

方格里,从最基本的情况开始,先是姓名、民族、年龄、籍贯,接着是学习经历、工作经历、岗位聘任、教师资格,再到教学科研成果、技能证书、交流轮岗等——这些琐琐碎碎的信息,汇集在一起,化成身后长长的足印,或深或浅,或直或斜。这都是些不是什么秘密的确凿信息,于我并没太多实际的作用。

为了完善这些信息,我翻箱倒柜,找出一沓档案袋,开始拉网式寻找。一本本证件,一张张荣誉证书——纸张大多已泛出旧色,或边角破损,隐隐散发着陈旧的气息。这气息,熟悉而遥远,它像某种致幻剂,有着非凡的魔力,能准确无误地捕捉到记忆深处与之相关的所有点滴。要不是这次填表需要核对一些资料，它们或许会永远被压在书柜的最底层，成为不是秘密的秘密。

这些细致烦琐的信息，犹如一个个大小不同形态各异的零件，机械地组装成一个具象的、物质的我。这个我，真实而又虚幻——这些证书至少见证了当年付出的艰辛与一时的荣耀。只是，其所承载的光鲜，犹若一把柔软的细沙，不慌不忙，被沙漏从容滤过，最终却空空如也。

一张又一张地登记，一格又一格地填充，我仔细看来看去，只怕遗漏了某项信息。其实，大多内容早已毫无任何意义。填充于此，只不过作为个人档案的一种充实，或者作为私人小众的证明罢了——免得空格太多，仿佛虚度了时日。我认真地填着。每一处虽然只有那么短暂的一帧或几帧，但就是这一帧帧连续不断，才得以让时光成为时光。

生命有时就是这样荒诞而真实。为了完成这项规模宏大的工程，我不惜花上几十年的时间，甚至奢侈地把最美好的青春作为赌注。

终于，我幡然醒悟。所有的信念与执着，只不过是一场必然漫长的迷途知返，我就是迷失其中的懵懂孩子——岁月的锋刃，早已毫不留情地把我切割，然后貌似公正地充塞到各种模子里，在统一的流水线上，组装出所谓的合格产品，最终被贴上不同标签。

我突然产生一种从没有过的深深的沮丧与绝望。

我是谁？究竟该去何处！

眼前的表格，犹如宇宙间经纬坐标，无论处在哪个角落，它都会准确无误地把你定格为一个圆点——这个世界上一个可以随时忽略不计的小黑点。

我常常对自己产生一种莫名的陌生感。或许，这么多年，自己活得越来越不像想象中应该的样子——单调、枯燥、虚伪，整天不得不忙碌于无聊的应酬，却又无能为力。生活是一片没有边际深不可测的大海，它总在不动声色间，与你的意志进行持久地较量，直至你崩溃，被劫持，成为它的俘虏。众生芸芸，谁又能幸免？

记忆与现实纠结，真实与梦幻交错，身体与灵魂牵绊，我放逐着自己。然而，最终的事实却是这样，在无休止的纠缠分裂中，不觉间自己又深陷到另一种困境——在现实中，我依然尴尬；在尴尬中，我又继续漂泊。

二

去年初，我就告诉自己，若有机会，一定回老家去看看——那生我养我的村子。可是，人在江湖，总是被各种琐事所缠，无奈，这样的想法一拖再拖，到了年末，还是未能如愿以偿——心中不免多了一丝愧疚。今年初，我又重复着同样的念头，只是仍未能实现，我的愿望一再搁浅，内心的不安又平添了许多——不知是我忽略了故乡，还是村子真的疏远了我。

好久都没有回村子了，距离上次回村子恐怕也有好几年了。

几年前，我和姐姐把年迈的父母接到小城。人去院空。从此，老宅一下子变得空荡荡的——寂寥的院落，斑驳的老墙，寂寞的梧桐，蒙尘的家什，蜘蛛网在屋子内外疯狂地扩张。我心生悲凉。宅子是让人住的，人住着，宅子就不会老得那么快。

或许是逃避吧，怕回去。每次回去，几十年的记忆就会一股脑儿地奔涌出来，欲说还休，欲罢不能。

我总是一次次梦回故乡——梦到老宅，梦见院里那块巴掌大的菜地兼花园，已是花红果绿；屋顶上的灰鸽子，"咕咕"地叫个不停，它们一定是学着父母喊我的乳名；还有门前的梧桐树，花儿一簇一簇地拥挤着，在春天里打闹嬉戏；村后崖下的滔滔黄河，还一如既往地在流淌……

有着农村生活的童年应该是幸福的。每次回到村子，我心里就莫名地踏实——如同父老乡亲嘴里撂出的每句话，都能实实在在地落到地上。

很惭愧，属于村子生活的记忆，只有短短十一年。小学毕业，我就离开村子。后来，我又到更远的地方读大学。待在村子的时间，仅相当于在小城的一半。然而，关于村子的点点滴滴，却几乎占满了大脑内存。一有空闲，我就会不厌其烦地把这些翻出来晾晒，一遍遍咀嚼。

渐渐地，回村子的次数越来越少。村子陌生的事物越来越多——贴着彩色瓷砖的高大门楼，水泥铺就的平整大路，晒麦场已经与时俱进，改成了活动健身场地……村口那棵苍老的桑葚树早已不知去向，阡陌间鸡鸣狗吠不知何时销声匿迹，就连飘在村子上空的袅袅炊烟也难得一见——总之，我熟悉的事物愈来愈少。

回到村子，一些陌生的面孔总是上下打量着我，询问的目光中满是与己无关的忽略与不屑——这些犹如一枚枚绵长无形的细针，猛然刺进我的肌肤，一阵隐隐的锐痛传来。是的，他们才是这村子名正言顺的主人，他们熟悉这个村子里的一草一木，即使一阵狗吠，他们看都不用看一眼，就知道是谁家与谁家的狗儿发情，或殴斗了。而我，只不过是来访的客人。虽然曾经，我对这里的一切也熟悉得了如指掌。

在村口，我碰见了家住同一道巷子的王婶。还未来得及张口问好，王婶早已喊出了我的小名，"娟，回来了啊，这次待几天？没事就多住几天吧！"若母亲往日温馨的问候。我心底顿觉一股久违的暖意——这是只有到亲人跟前才有的温暖，他们都还记得我的小名！"回来了啊！"是的，我是回到家了，这里本是我的根所在。然而，这里却不真正属于我。不久的将来，那些陌生的面孔，还有好奇的目光会越来越多，能喊出我小名的慈祥面容会越来越少。以前回到村子，我理直气壮，而如今，平添了许多情怯。我不知道，若干年后，当我再回到村子，将会是一种怎样的境况。

每每遇到有人问我是哪里人时，我总是毫不犹豫地说出北塬村，我从来都以为自己永远只属于这个小村子——豫西边陲的小镇上，一个守望在黄河南岸的小村。村子高居在土塬上，是远近闻名的旱塬。虽然黄河就在村后，但依然解决不了干旱。我的祖祖辈辈，一直守在这黄土塬上，从未离开。我的父辈们虔诚地扒拉着土坷垃，常年喝着塬头上斜掠而过的西北风。他们早已习惯看老天爷的脸色吃饭，哪一年风调雨顺了，肚子也就有了着落，他们也就满足了。尤其是一到夏天，若遇天旱，路面上浮土越积越厚，被太阳晒得滚烫，一脚踩下去，就会泛起一团白雾。

无论何时，一想起村子，我就会感到莫名的温暖。村子的故事就是我心中永远的一千零一夜，总也说不完，叙不够。与其说是怀念村子的陈年旧事，不如说是留恋记忆深处那段岁月。小小的村子犹如母亲温暖的子宫。对于子女，它一视同仁。然而在这里，男人与女人的最终命运却截然相反。男人生于此，毫无疑问，他们承担着繁衍后代的责任，不管是不是一直在村子里生活，最后一定会终老于此。作为女人，犹如蒲公英，生长于此，最终却要飘向四方，寻找属于自己的寄居地。

村子里的女子大多如此——从出嫁的那一天起，村子就决然割断了与你相连的脐带。当你再次回到村子，你已是村子的客人了。你名下的几分或者一亩多田会被村子收回，重新分配。你与村子的关联一点点地被扯远，最后被割断。有人说,女人没有故乡,看来这注定是一场宿命。说此话的人,肯定也是女人。

堂弟结婚,这是二叔家的大事。我回到村子参加婚礼。二叔就堂弟一个男孩,婚礼自然要办得隆重。一切按照村子的习俗,又新增了现代的仪式。吹吹打打,热热闹闹,亲朋们划拳畅饮,传统梆子乐队与西洋乐队轮流演奏,尤其是主持人夸张的煽情语调,惹得大家不时鼓掌大笑。

堂弟的婚礼就是一声召集令,几个姑姑,不管远近,还有表兄弟表姐妹全都聚齐了。这是很难得的。平时,各忙各的,上班的上班,打工的打工,忙生意的忙生意,即使同在县城上班,见面的机会也很少。就是到了春节,大家也聚不了这么齐。几个姑姑忙前忙后,我和姐姐也俨然以主人的身份招待亲朋好友。

午饭后,婚礼仪式举行完毕,二叔提议说,趁此机会拍张全家福吧。于是,二叔清点着人数,招呼大家按照年龄长幼、个头高低站成几行。我和姐姐,还有几个姑姑在旁边站着。我们正准备找个合适的位置合影,"嫁出去的女子别拍照!"不知是谁在人群中大喊了一声。犹如一声驱逐令!我们都愣了一下,平时比较强势的大姑不满了,很不情愿地笑着高声反问:"嫁出去的女子怎么啦?嫁出去了也姓郑啊!"但喊归喊,说归说,几个姑姑都很知趣,自觉站到旁边去了。我和姐姐帮父母整理好衣服,也自觉退后。看着摄影师"咔嚓咔嚓"地把一张张"全家福"储存。此时,姑姑绽开笑容的脸上，陡然增添了许多隐隐的失落——一种宿命般的无奈。我同情姑姑，也同情着自己。其实，作为女子，自出嫁的那一天起，我们就再没资格参加娘家的全家福了。虽然姓氏跟着父亲，但嫁出去，就是婆家的人了。自古以来约定的习俗，谁都无法改变。

冥冥之中的牵绊就这样被硬生生地扯断，深入骨髓的疼痛。一种被遗弃的感觉，在心底不可抑制地滋生。故乡把我当成了异乡人。故乡成了异乡。而我，却一直把故乡看作故乡。从此，注定一生别处寻找了。我如一个固执的孩子，仍不肯轻易改变最初的情愫——这与生俱来流淌在血液中的基因。故乡于我渐行渐远，可不论什么时候，我只要一回头，村子就在身后。对故乡所有的记忆，也成为我文字中永不更换的底色。

前年腊月，八十多岁高龄的奶奶走了。寒风凛冽而悲怆，天空飘着稀稀拉拉的雪粒。雪下得犹犹豫豫，天冷得出奇。从儿女到重孙三辈人，送行的队伍浩浩荡荡。田野间，哀乐时断时续，婉转哽咽。坟地在一片朝阳的山坡上，曾祖父曾祖母、爷爷奶奶的坟一溜排列着。听人说，紧挨着奶奶的地方，就是父母、叔叔婶婶下一辈人了。我知道，这里即使位置足够宽敞富裕，也是没有自己的安身之处。出嫁的女子是绝对没有理由埋进祖坟的。这里的每一个人，都是与我的生命有着无法割舍的牵绊。我至亲至爱的人——是他们最终疏远了我，还是我无奈远离了这里？

起风了,天空中的雪花越来越密集。下葬,烧纸,哭祭——葬礼结束,按照习俗,女人要把身后托着的长长的头巾全部缠裹在头上。母亲帮我缠裹好头巾。在村子活了大半辈子的母亲,早已成为村子不容置疑的主人了。她也早把村子当作生命中最为重要的地方。可我,仿佛从未曾离开过村子——仰起头,头顶的雪骤然落下,几片雪花粘在脸颊,瞬间化成了水滴,仿佛我的泪水——冰凉冰凉。

我不禁打了个寒战。

总以为叶落要归根,叶落会归根,可此时,我心里一片茫然。我是父辈的后代,流淌着祖辈的血液,可最终却与这里无缘——我是谁?究竟该身安何处?

三

不觉间,生活在小城已近二十年。每当仔细打量小城,我总会有一种熟悉的陌生感。这样的念头,常常突然冒出来,真切而确凿,这更让我肯定了一点——小城于我,仅是一个驿站。我也不过是一个过客。

一张小小的二代身份证,上面有我的照片,短发,胖乎乎的,一脸稚气。上面赫然印有一行"河南省灵宝市某街某小区某栋楼几单元"的字样,这是我在小城的居住之地。身份证是2005年办的,有效期二十年——这意味着在这二十年里,这是我作为一个小城人的唯一的身份证明。小城千万间的鸽子楼中,有一处是属于我的栖身之所。它是我奔波于这个世界的一张通行证,我于这个世界也成了一个符号。

换下来的一代身份证,我一直保存着,没舍得扔掉。这是一张最简单的卡片,透明过塑的那种,没有防伪标识。上面写的是我出生时村子的地址。我总认为,这张才是自己确凿无疑的身份证——无论何时,它都会无言地提醒着自己,我来自哪里。

在茫茫尘世万象中,在小城如林的高楼大厦中,一张小小的卡片就把我锁定在这逼仄的空间——当初为了进城,能当一个所谓的小城人,我是怎样地费尽心力;为了能在小城有间栖身之所,避风躲雨,我又是怎样地精打细算,盘算生活。小城几度春秋,阁楼恍然一梦,我搭进了人生中最美好的十多年光景,才取得了这张铁证如山的卡片。

我终于可以成为一个城里人了!刚进小城,蜗居在租来的一间小房。晚上,看着街道两旁霓虹闪烁,卡拉OK喧嚣沸腾,车流熙攘,我按捺不住内心的激动——微笑着对抱在怀里的孩子说,宝贝,以后你就是一个彻头彻尾的城里人了!宝贝眨巴着眼睛,愣了一下,他好像听懂了我的话,然后开心得手舞足蹈起来。若干年后,十几岁的儿子,竟然连五谷都分不清,我心里五味杂陈,不知该是无奈还是欣慰。

每天早餐桌上的豆浆油条,曾一度作为城里人生活上的一种优越表现。十几年来,自己几乎每天都是,一手提着豆浆,一手拿着包子,边走边吃,急匆匆地赶到学校——难得有空享受小城人固有的那份闲适。

我栖身在小城狭小的鸽子楼里。水泥浇筑的鸽子楼,给了我生活安全舒适又相对独立的空间。然而,冷冰冰的钢筋混凝土,也让人与人之间多了层厚厚的隔膜——更多了不可言说的自私与势利——衍生出人情的冷漠,成了许多人为了生存而理直气壮的借口。

时常有这样一种错觉,站在车流蠕动的大街,或者人群熙攘的商场,我总会强烈地感到一种莫名的湮没感,愈发觉得孤独与可怜——若一群整日忙碌寻找食物的蚂蚁,为了安顿明天的生活,不停地寻找食物,仿佛只有粮仓里充实着,心里才会踏实。我何尝不是如此。当初想方设法进了小城,为了房子、车子等,若机器般辜不疲倦地运转,好像只有存折上那串数字后面的零多上几个,心里才会踏实。多少人正在过着这样一种再正常不过却又近似变异的生活——这其中,有你,有我,也有他。

在这小城里,有了一处栖身之所,就确凿无疑地成为所谓的城里人。然而,我却发现自己从一开始就错了。生活在小城越久,就越发现自己与小城是那样格格不入——上下班我喜欢步行,有人却把私家车的档次当作身份的一种标志;生活上,自己喜欢怎么舒服怎么来,却常被人视为僵化守旧;人际交往中,身不由己地忙于应酬,却常常忽略了自己。大多时候,付出了真诚与善良,却一次次受到伤害……

不知什么时候,我给自己裹上了一层厚厚的壳,壳外竖起尖尖的刺，以备随时抵御那些来者不善的目光。我越来越习惯于一种简单而朴素的生活方式，可自己与小城越来越不搭调——我不知道，自己是被小城所边缘，还是小城被我所疏远。大多时候，我总是身不由己地深陷各种喧嚣——许多自以为真理的聒噪此起彼伏，震耳欲聋，只能徒增一些烦恼，让人渐渐失语。

当年，我是怀着怎样迫切的愿望，来到小城。然而，骨子里的东西是永远也抹不掉的。不论我走到哪里，当生活遭遇异化的时候，它都会适时地提醒我，我来自哪里，又要到哪里去。

蜗居在小城，为了糊口，为了生存，我卑微地活着——寄存在小城，如强行镶嵌在小城躯体中生硬的一部分，永远无法与小城自然融入。小城的一切都将是浮云，与我没有太多的关联。这里，只是个驿站。而我，也不过是小城众多匆匆过客中的一位。

若干年后，当我耗尽生命所有的时光，会不会像小区门口那棵法国梧桐上最后的那片枯叶，在风中瑟瑟地摇曳，犹豫着不忍离去。

小城，终归不是我叶落归根之处。我害怕自己被冷冰冰地装进小小的匣子，然后安放在水泥隔成的某个隐秘的角落。

四

喧嚣了几天的院子，又恢复了往日的寂静，一切都空荡荡的。院子早已习惯了这样的寂寞。

太阳明晃晃的，比往常更刺眼了些。微风吹来，阳光透过密匝匝的树叶，映在地上，满地碎光，随着树叶的晃动，光影在地面上游弋变幻。一切光怪陆离。

送走了婆婆，我仔细打量着院子——这生活了十九年的院子。由于工作缘故，我常年都吃住在单位。十九年累计下来，我在这个院子所待的时间，都不会超过一年。意识里，我一直把它当作临时的驿站。对于我来说，真正暂时的家，还是小城里那间自己辛苦奋斗所换来的鸽子楼。

当我得知，这片桐树林里的某一处土地，将是安置自己的墓地时，我震惊不已。

我从来没有想到自己会成为这里的主人，也从来没有把这里当作自己的终老之地。虽然名义上自己早已属于这里。

嫁到婆家，只有节假日的时候，我们才买点东西回家看看，或者本家有红白事的时候。到家最多也是待上四五天。后来，小叔结婚，我们就把房子让给了他。之后每次回去，不论天再晚，都是当天返回小城。

这里的一切于我，都是陌生的——邻居是陌生的，村子是陌生的，土地是陌生的。这种陌生，不同于在小城的陌生。小城的陌生，是一种旁若无人的双向陌生。正因为如此，偶尔，我也会肆无忌惮地我行我素，根本不用理会周围那些惊讶的目光。而村子里的陌生，是一个贴着村子媳妇标签的单向陌生。走在村子里，时常能感觉到一些大叔大婶投射过来异样的目光，在背后指指点点，小声议论着什么。一种众目睽睽下的尴尬与紧张，让我无所适从。大多时候，我会装着若无其事的样子，逃也似的撤离他们的视野。好些年后，不知怎么，一回到村子，面对本家的人，面对公公婆婆，我都无法完全放松，总会有种客人般的拘谨。

婆家是个大家族。公公弟兄五个，堂兄弟堂姊妹就有将近二十个，到了下一辈，枝枝蔓蔓的就更多了。嫁到婆家十几年，我竟然连本家的妯娌们也难以对上号。明明遇见长一辈年龄的人，没想到先生一张口，竟然是称兄道弟；遇见带小孩的年轻妇女，以为是同辈，没想到对方一张口，竟然称我奶奶，应还是不应，尴尬的我半天不知所措。所以每每回去，为避免闹出笑话，我一般不敢贸然开口，见到先生招呼后，我才敢确定地开口称呼。

在这里，我无疑是个陌生的主人。平时本家有事了，先生自会打理。有时他告知我谁谁家的闺女出嫁了，谁谁家抱了孙子，我询问半天，也未必人和名对得上号。有时，我干脆连问也不问了，他们几乎与我的生活没有多少交集。村子里的人重视这样的仪式，大事小事都要给本家的大大小小兄弟姐妹说个遍。我们知道了，自然回去应酬。每次回去，在那些陌生的熟悉人中,我像个局外人一般多余。

我从来没有想到自己要去融入这样的一个家族,虽然在身份上已被确凿无疑地贴上标签,但始终眷恋的还是那片生我养我的黄土塬。这里没有我成长的熟悉痕迹,没有太多让我温暖的气息。记忆的芯片,关于这部分的记忆,寥寥无几。

这可能缘于我潜意识里的一种反叛心理。

结婚没几天,婆婆到我屋里,特意送我一把王麻子牌的剪刀。当时,我就有点纳闷,想到自己从来不做女红之类的活计,剪刀无疑是多余的。我没有多想,就对婆婆说,平时我又不做针线活,用不着,还是您拿着用吧。婆婆说,用不用就放在屋子里,说不了啥时候能用上。我这才仔细打量了这把剪刀,黑色的,是铁做的,刃上闪烁着一溜新磨出的光芒。显然,这是婆婆特意为我新买的。

想起前段在母亲家发生的事,我心里"咯噔"了一下。结婚后,我准备在单位的小屋做饭,见家里多一把菜刀,就对母亲招呼说准备拿过去用。结果,母亲挡住了我,说菜刀你不能拿走。拿走菜刀,就意味着以后和娘家一刀两断。最后,我重新买了把。

看着这把剪刀,黑黑的刀锋,钝涩的光并不耀目,却锋利而冰冷,它会不会怀着不可告人的目的——让我与娘家的关系一剪两清,专心做婆家的媳妇呢?我揣测着其中的"心怀叵测"——内心却是一阵彻骨的冷。

后来，与别人闲聊中，我才得知，原来这是婆家村里的一种风俗。媳妇结婚后，婆婆都要送给媳妇针线笸箩等，就是想让媳妇啥都会干，做个巧媳妇。只不过现在，好多人都把这风俗省略了。而婆婆却把这送女红的习俗简化为一把剪刀。我纠结的心，才恍然大悟。只是，当初心里的余悸怎么也挥之不去。

直到婆婆去世，我自以为在心里筑起的坚固堡垒，在那一刻崩塌瓦解。

婆婆年龄大了，久病成灾，她再也经不起半点病痛的折磨。

我从来都以为，和婆婆的相处时间不多，作为晚辈，生活上照顾孝顺就是。我原以为，对于婆婆的去世，我完全可以处在一个稍微平静的状态，就像面对任何一位老人走向百年的感情一样——毕竟没有血缘关系，没有太多的感情交集。

然而一切出乎我的意料。冥冥之中，我感到有一种无形的巨大力量，震慑着，让自己毫无理由地甘愿屈从。

深夜，守灵。先生他们几个姊妹，由于过度悲伤与劳累，已渐次进入梦乡。而我，翻来覆去，却怎么也睡不着。眼前，全是婆婆生前的笑貌，以及她忍受病痛时的煎熬。

生命在病痛面前，从来都是如此脆弱。人就像大风刮起的一粒粒微小的尘埃，从来不知道什么时候，就会停下前行的脚步。早知道这样，在她去世的前段时间，我多去看望照顾一些才是。可我,最终以这样那样的托词,只去过两次。一种深深的愧疚与不安,在我心底顿时滋生疯长。

婆婆与我的联系,突然间变得错综复杂起来,那隐藏着的千丝万缕的牵绊,一下子冒了出来,杂乱而无序。婆婆总是以她自己朴素的方式表达着对别人的好。

院子里的杏树已缀满了青青的果子。每年到杏子成熟的时候,婆婆总是一个电话又一个电话催促着先生,问什么时候回家。听说我们回家,婆婆早早收拾一箱子,全是最大最软的杏子。其实一个来回的车费,都能买上好些杏子。但在婆婆的执意要求下,先生就专程回家。杏子不敢多吃,即便给朋友送一些,还是要烂掉许多,不得已只好扔掉。

每次返城时,婆婆都不忘从院子的几垄菜畦里割几把韭菜或摘几个西红柿,用塑料袋装好,反复交代。有时嫌麻烦,不愿带,婆婆脸色马上一变,我们只好带上一些,她就显得很开心满足。一辈子厮守在土地上的她,虽不能像别人那样,给子女更多物质上的帮助,唯有的,就是自己精心侍弄的一捆豆角或者几把青菜了。

黑夜中,我轻轻地啜泣,继而不可控制地剧烈抽泣。一种刻骨铭心的悲伤,充斥着我的身体。我压抑着自己,捂住嘴巴,感觉体内潜藏着一块硕大的铅,渐渐下沉,愈坠愈快,最终跌入无底的深渊。我努力地向上攀爬,终究是徒劳。那种揪心的感觉,至今难忘。

我悄悄抹去眼泪,不敢有任何声响,怕惊醒了别人。我说不清自己哭泣的缘由——是为婆婆的去世，还是为内心的愧疚，抑或对生命无常的恐惧——我对自己都感到出乎意料，不可捉摸。若先生他们醒后，看到我的样子，一定会很惊讶，他们是不会想到我竟会这样悲伤，我的悲伤一定会匿藏着别的原因。

我不想看到别人猜测的眼神。这是一个人的秘密。一旦说起，它就不再纯粹，会掺杂有更多的企图。我更不想别人冠以这样那样的赞誉，抑或毁誉，这些都已与我无关。这份戚戚的真诚，能给我暂时的心安，就好。

婆婆会不会就站在远处望着？

作为长媳，我自觉地承担起所有的责任——这是一种理所应当的责任。

以前所有和我没有任何牵连的事情，现在竟然一下子都压在了身上。我笨拙地应对眼前杂乱的一摊，显得手足无措，但还要装着一副镇定自若的样子。虽然我对村子里的丧事规矩和仪式一点不懂——幸好有先生三个姐姐帮忙。婆婆是个虔诚的基督教徒，所以一切都按照教堂的安排进行，比起村子里烦琐的仪式要相对简单些。但大大小小的琐碎，只要用到钱，帮忙的人都会找我要。因为我是女主人。

三天三夜，繁忙的操劳与隐隐的悲伤，让我憔悴不堪。然而，我的内心却是从未有过的踏实。还好，一切都按部就班地进行。

坟地在一片桐树林里，已有八九个土堆排列着。年长的妯娌对我说，到时候，我们都要聚集在这片土地上，继续作为一家人。她们说的时候，神情是那样自然。在她们看来，这是顺理成章的一件事，根本没有什么值得怀疑的。而我，只是勉强地笑了笑，那笑一定是世界上最难堪的表情。一种莫名的恐惧袭上心头。和这些不太熟悉的长辈、妯娌一起，会不会感到尴尬与不适？我从来没有把这里当作自己的终老之地。在此生活了大半辈子的婆婆，不知与过世的妯娌们会不会感到有一种尴尬与陌生？

可是，我不在此处，又将在何处？固执的我久久地陷入一种深深的无奈与绝望之中。

叶落归根，我要在这里？我内心充满了深深的怀疑与强烈的排斥——没有生我养我，没有储存太多生活气息的土地，这对我简直就是一种不由分说的劫持——在别人看来，却认为是再正常不过的事情。我，终究无法说服自己。

我不在此处，又能在何处呢？周围巨大的空虚，向我迫近，瞬间悄无声息地吞没了一切。故乡的村子是回不去了。可这里，并不是自己所愿，我更不想去小城冷冰冰的水泥楼。最后的归宿，我别无选择。

女人没有故乡——突然间，强烈的悲怆涌上心头。不管如何，每个女人，都要不可避免地去面对，这人生中不由分说的绑架，她们无疑是生活的勇者——摩梭女人应该是最幸福的人了。

我的人生，若从空间和时间来界定的话，它不过是一条简单明了的直线——故乡、小城、婆家,三点一线,由城市最西的镇子到县城,再到最东的镇子,其间几百里的路程。这些年来,我在这条线上由东向西,由西向东,来来回回,不知疲倦,穿梭其中——最后终于结成一个浑圆而严实的茧。女人的前世一定是长有翅膀的,否则,她的灵魂怎么能穿越山水,回到故乡?

看着表格,我呆呆地盯着"籍贯"一栏,那一行熟悉而亲切的字眼,对我来说,已不仅是一种符号了。这是我的根所在。忘记了自己从哪里来,终究也不会清楚自己要到哪里去。

那张印有确凿信息的二代身份证,静静地躺在案头的一角,它也不过是人生旅途中一张通用的车票而已。到站了,它就是一张废纸。

此刻,我仿佛站在一个虚构而真实的法庭,没有原告,没有被告,法官却是自己。

我是谁?究竟该心安何处?

耳际响起不同的声音,我沉默不语。

我知道,一切的质问与辩护,都将是无效而多余。

(原载《散文选刊》2018年第7期)

下篇　遇见

湮没的杨公堡

我登上了秦岭脚下的这块土塬，在一个秋日的午后。

站在高塬上，放眼望去，只见黄土高原纵横叠加的沟壑在脚下延伸。草木已微微泛黄，生命的迹象也在悄然隐藏。眼前，没有多余的色调，一切都裸露着自然的本质：灰蓝的天穹下，以灰黄为主色调的黄土高原就这样在眼前铺陈开来。

黄河就是从这黄土高原脚下冲泻而过的，在经豫西之前，奔腾出了它最壮观的一段陡弯。一百年前，它浊黄如铜，泥沙沉重，把豫西的讯息和本色传达给半个中国。一百年前，杨公堡就出现在豫西野莽的高塬上。

杨公堡坐落在一块突兀的土塬上。它雄踞在塬顶，仿佛俯视四周的一切。一条仅容两人并行的小路在山间蜿蜒爬行。就这样，一条不规则的纤细曲线，把城堡与外界连在了一起。小路的两侧，是风雕雨刻了千年之久的悬崖峭壁，荆棘密布。

猛然间，山谷里刮起一阵风来，掠起了我的衣襟。一阵恐惧紧接而来,秋风会不会无情地掳去我的一切呢?

四周很静。清冷的阳光释放着少许的暖意,只有山风发出飒飒的声音,给这午后平添了几许冷寂。眼前不远处,就是杨公堡了。依稀望见城门嵌在一个高高的大土堆边上,一旁,有一截高高的断壁残垣孤独地站着。

一

穿过那条窄窄的小路,矗立在我眼前的便是青砖砌成的城门了。

南面的第一道城门有两层楼那么高,青砖已泛得发白。顶端的门额上刻了三个篆字,有兴趣的人经过一番研究,也只是揣测为"定远山"三个字。门额四周环绕着回形花纹,上下四幅浅砖雕文图案,分别是琴棋书画,似乎暗示了城堡主人的书香身世。门额的左侧已裂出一条几指宽的裂缝,仿佛是一本古籍残损的封面。

不觉间,我放慢了脚步。

仅剩的一扇四指厚的木质城门半掩着。我轻轻推开,浑重地"嗡"一声,打破了这午后山谷的沉寂。迎面是第二道城门,高大的砖拱城门,主体为夯土结构。门额上写着行书"层峦耸秀"四个字。站在此处极目远眺,道道沟壑与起伏的丘陵纵横交错,开阔而深远。可以看出,当时的主人选此筑堡,眼光确实非同一般。

据有关史料上说,杨公堡是清代两位杨姓兄弟合力修建的,具体年份已不可考。这两兄弟是现在灵宝境内岳渡村人,拥有大量田产,并在当时的灵宝县城开有多家商号。我不禁疑惑,他们为什么弃平原华府不住而要在这个险峻的山头筑堡呢?莫非这样舍弃是一种无奈,抑或眼前的坞堡有着非同寻常之处?

细观城门两侧,沿峭壁边缘立起了一道高七八米、底宽近四米的夯土城墙,将村寨与外界阻断。在两道城门之间,正好形成了一个类似瓮城的结构。如果有人攻寨,即便侥幸通过狭长且毫无遮拦的山道突破第一道城门,也正好暴露在两道城门之间的狭小空地上,成为守城人绝好的靶子。杨公堡的四周,以险代墙,易守难攻,在那个年代,这匠心独运的防御设施,为杨公堡提供了最精心的呵护。

其实,最早的坞堡出现在西汉末年,是一种民间防卫性建筑。当时北方大饥,社会动荡不安,富豪士族之家为求自保,都纷纷构筑坞堡。坞堡四周常环以深沟高墙,内部房屋毗连,四隅与中央另建有塔台高楼。堡内的居民常以宗族聚居,有时也吸收乡党等人。就这样,坞堡有了西汉末年的基因,在以后动荡的年代中不断孕育发展,到了清末,这杨公寨也就顺其自然地诞生了。

一部沧桑的书,仅翻开扉页,就隐隐透露出一股血腥之气。一阵疾风穿过山谷,猛灌进城门。这阵风不知从何而来,不知穿越了多少时空,目睹过多少沧桑,最后,终于把歇脚的地点选在了城堡。我倾听着,古远而神秘的风语。

走在第二道城门的狭长甬道上,脚下光滑的青条石泛着幽光。我愣着,仿佛穿越一道无形的岁月之门,去拜访被封存了百年之余的高宅小巷。

坞堡南北约二百米,东西阔一百五十米,呈龟背状。一条小石铺就的小径横贯南北。沿小径两侧,是数十座大小不等的院落。这条小径在荒草的遮掩下若隐若现,它曾承载过太重的负荷,叠加了太多的脚印,深深浅浅的一路走来。几丛发黄的枯草,从青石的罅隙和斑驳的墙角伸出,恣意地迎风摇摆。倒塌的房院,剥落的山墙,似乎还在坚持着一个院子的形象。发朽的木门上,还锁着锈迹斑斑的铁锁,它锁得住墙内墙外,却锁不了时空流逝。发白的门神还在卫护着那个古老的美好愿望。处处散落的断砖残瓦,仿佛倾诉着一个个曾经辛酸或幸福的故事。这一切的一切,都散发着一种不可抗拒的隐秘气息,驱使着我悄悄地走近,再走近。

寨子像一个熟睡的老人,在静谧的午后做着悠长的梦。偶尔,一两声犬吠传来,引起啾啾的鸟鸣,透露出寨子里生活的气息。这里还有人家!

正想着,一个略显沧桑的中年男子从小径尾随而来。见到我们,便招呼着,等我们说明来意之后,他说,最近有好多人都来这里看过。这里没啥好看的,都是一些破房子。我们就跟着他来到他的院子。

这是一座很精美的小院,一砖一木的布置都显示出主人的独具匠心。用青砖砌成的高高的门额上，书写着"业精勤"三个字。看到此，我甚是疑惑，为什么不是"业精于勤"呢？会不会是当年工匠给"于"字疏忽了？再细看，门额的边缘雕刻着花鸟虫鱼的花纹，门栏两侧的石礅上也雕刻着荷菊梅花的图案。其中线条流畅，刀法精致，这"精"的含义会不会寓含着日子也要过得如此精美呢？这三个字中，精与勤是并列的，仿佛在告诉我们日子不仅要精打细算，更要勤劳持家。老子曾说："道生一，一生二，二生三，三生万物。"三由道而出，又产生了世间万物，三代表了"道"与"万物"。由此看来，在中国传统文化中，三也是个吉祥数字，刚才揣测工匠疏忽的理由显然是站不住脚的。想起了城堡门楼的三个字：定远山。当年坞堡主人一番精心设计所蕴含的隐秘生活追求霎时豁亮了。

院子里东面是正房，左右各一间厢房。每间房梁边缘也被雕刻上了云纹装饰。主人在设计房屋的时候，三面房子的房顶都是单坡向里，下雨时，雨水就顺屋檐流入院内，这样就可以将雨水收集起来，也有"四水归一""肥水不流外人田"之意。这对于生活在黄土高原上常年用水困难的百姓而言，这种结构形式的实用价值更大于象征意义。

我问这家主人，你知道这寨子为什么叫杨公堡？他憨笑说，说法很多的，我也说不清哪种好。我又问，你是什么时候开始在这里生活的？他说，这我也说不清的，好几辈了吧。土改时，这里的房屋分了，最多的时候住进了六七十户。近年来,生活好了,有的人已迁出,现在寨子里没几户人家了,大多是老人。你有没有打算什么时候搬出呢?他挠挠头说,这个倒还没想过,一个是口袋里钱太少,主要还是住在这里习惯了。这屋子你不要看太旧,还挺结实的,这么多年,隔上十来个年头,我翻揭一下房瓦,照样又是十几个年头。说完,他一副很知足的神态。堂屋的摆设简单到不能再简单了:一个土坯的灶台,泥砖垒成的案板上,整齐摆放着几个黑黑的罐子,几摞碗碟,一把筷子。墙角摆放着一个简陋的饭桌和两把椅子。屋子院里,生活家什等都被收拾得井井有条。这就是一个家,一个依然生活在城堡里留守者的家。这时,我想起了桃花源里的生活,还有桃花源里的那个人,"问今是何世,乃不知有汉,无论魏晋"。只是,此地恐怕并非彼地了。

是的,留守者憨笑的神态中,只不过多些在外人看来偏执的一些东西。或许正因为如此,他才留守在这里。或许,他早已习惯了蹲在城墙根晒着太阳,也习惯了每天去侍弄那几亩贫瘠的田地,这对他来说就是最大的快乐。这几亩贫瘠的土地带不来更多的希望与收获,但对他来说,只要喂饱肚子就已很满足。他没有更多的奢望,只要活着,只要每天的清晨还出现在这个城堡里,就足够了。

二

时光流逝,百年的沧桑变幻,生活的气息依然还是这么浓郁。我沿着窄窄的小径向前寻访。

寨中小院的结构基本相同,屋屋毗连。只是,大部分宅子已是人去屋空,成了无人修缮的危宅。随处可见的是倒坍、残垣断壁。空空的窗棂上,残留的几片窗纸在呼啦啦地响。荒凉、古老、落寞、静谧的气息,扑面而来。

站在寨子的北面远望,看到的是距此仅五公里的灵宝市区,文明与繁华的所在就在眼前。荒芜和繁华对视着,仿佛是它们曾经与当下的对视。

这里没有房屋,留出一大片的空地。眼前杂草丛生,几棵古槐盘旋着虬枝,谁也记不清它绿了多少次,又枯了多少回。槐树不远,是一口枯井,上面杂乱叠放着几根干枯的树枝,黑乎乎的看不见底,仿佛沿着时光已通向了另一个悠远的源头。塬边上,是一个石磨盘蹲在那里,旁边还有几个石磙和一个辘轳,淹没于荒草之中。曾经碾碎过无数东西的石磨,如今却无法碾碎昔日的记忆。在北面山坡的小路口,一尊形似人形的土坷垃矗立着,这是城墙最后的见证了。一切都空荡荡的,连同整个午后。

在如此窄小的空间里,生活的设施一应俱全,很久以前,这里应该是个麦场。当年杨公堡的居民就是在这里长相厮守的。

我抚摸着石磨粗糙的纹理，<u>丝丝温暖浸入心怀</u>。曾经，这里金黄的麦子堆积成垛，打麦的连枷（一种古老的农具）在空中飞舞，石磨上的辘轳转得正欢，拉磨的驴子时不时仰起脖子，"嗷——嗷——"地叫上几声。黑黝黝的脊梁上淌着汗水，妇女们提着干粮与水，孩子们在一边疯得正欢。石磨旁的石礅上，几个白须的老人抽着旱烟，有滋有味地品着。是啊，老人是在品着眼前如此惬意的生活，战乱灾难曾让他们流离失所，这个弹丸之地的坞堡终于让他们有了安居之所。处在社会最底层的他们，对生活的奢望也不过如此。他们固守着这一片土地，在土地上辛勤地劳作，然后填补着一天天的日子，一家人安安稳稳地过下去。他们需要安宁，需要一道屏障，把天下汹汹的战乱与灾难阻隔在墙外，也把惊惧与流离阻隔在墙外。他们将在城堡内营造和谐的幸福生活。

坞堡平静的生活并没有磨蚀人们对生活的向往，一日又一日，杨家堡人就这样编织着美好的憧憬。只是，在那个时代，和平的时候毕竟很少，这样那样的灾难总是不期而至。或许，就在某个不定的时候，会突然传来土匪攻堡的警报！只要是在这时，堡中的男女老少，以锄头、铁锹等为武器，守卫着城堡。壮年的在城墙上，朝下扔石头。弓箭手、梭枪手，一一准备，堡主大吼一声"打——"，刹那间，石头纷纷从天而降，箭篁如麻，顿时，一片鬼哭狼嚎。就这样，一次又一次的抵御，喊杀声响彻了半个天空，乱溅的血水也染红了半壁城墙。坞堡居民打得痛快淋漓，为了这一方来之不易的安宁，他们绝不允许任何一个悍匪入侵，不允许任何人来破坏他们苦心经营的这一方宁静。等一切恢复了平静，他们收拾好城边的狼藉，擦掉城门上的血迹，又开始过着寻常的日子。这种时而动荡时而平静的日子，坞堡居民也早已习惯。

如若遇到瘟疫，坞堡居民是不用担心的，紧闭的两道城门隔断了与外界的联系，瘟疫自然威胁不到他们。即使遇到灾荒，坞堡里的存粮够他们吃上三年五载了。坞堡居民以杨姓为主，他们共同劳动，一起享受，生活中互相体恤，危难时一起担当。世道的沧桑逼迫得他们如此智慧而又和谐地生存，生命力的顽强令人喟叹！

你看，那是什么字？我抬头望去，只见一户人家的门额上写着"耕读传家"四个字。耕读生活，不过是那时人们最原始最朴素的生活理想而已，即使在这封闭的城堡里，这样的理想也生生不息地被延续着。每天，城堡的上空都会升起缕缕炊烟，城堡的大门都会按时"吱呀"一声打开，接着，有扛着锄头的，赶着黄牛的，拉架子车的，纷纷出了城门，去田地里耕作。孩子们则会背着书包去私塾里读书。晚上或者寒冬时节，他们蜗居在城堡里，烤着火炉，点着油灯，读着文字，品着生活中的另一番滋味。就这样，城堡里的人们年复一年、日复一日地过着寻常的生活。在这种寻常的生活中坚持着一种向往，一种对朴素生活的坚持与执着。我想起故乡老宅子的正堂，门额上也写着"耕读"二字。是啊，千百年来，耕作劳息，读书教育，这是老百姓对生活最朴素的诠释。

那个时代，兵荒马乱，民不聊生，要么被饿死，要么在战乱中奔波流离，生命的根无所依着。而这么一群人，他们没有背井离乡，没有随波逐流，他们抓住了这块生养自己的黄土地，把纤细的根深深扎入这块贫瘠的黄土地，努力地汲取生命的养分。来到这里，他们筑起家园的城堡，在此繁衍生息。匪来了就抵抗，匪去了就生活，一天又一天地过着平常而又不寻常的日子，坚持着对生活的憧憬，顽强地延续着生命的气息。

坞堡本能自保，但防御的更大意义是为了更好地生活、图存，年复一年，坞堡居民在寻常的生活中，他们的视野，已远远不在堡内这块巴掌大的天地里了。他们选择了坞堡，也只不过是借坞堡之穴，借坞堡的风水，孕育坞堡的精魂。那些城门、房屋、石礅上的雕刻花纹，那些每天清晨响彻在城堡上空的琅琅读书声，夜晚里在昏黄的油灯下那份读书的惬意，都仿佛在昭示着一种不息的灵魂。

这里的一切，原本都是这么的鲜活。

三

倘徉在坞堡内,处处弥漫着一种浓浓的书香气息。耕可致富,读可养性,堡内这种耕读的生活方式,已成为人们心中一种很知足的向往。张履祥在《训子语》里说:"读而废耕,饥寒交至;耕而废读,礼仪遂亡。"小小坞堡,如一个缩影,在历史的颠簸中,顽强地传承着历史的使命,生生不息,繁衍至今。一花一世界,一草知春秋,这如笋坞堡,食之可嚼到其甘味,临风可摇来远古气节,毫末关情,何况坞堡本就有一方天地。它承载的一切,就如一笋承载着大山的一切一样,虔诚地固守在这一片贫瘠的黄土地上。至今,在很多农村地区古旧住宅的匾额上,还能见到"耕读传家远,诗书继世长"等字样。

这块土塬黄了又绿,绿了又黄。坞堡也在岁月的风蚀中,终将从我们的视野中渐行渐远。形式上的坞堡终将湮没,这个形体因为承载了太多的记忆而沉重,这些记忆的湮没,才是最可怕的。这里的留守者,淡然地守护在这里,不仅是一种生活的选择,更大意义上,是在延续着一种记忆,激活着一种思考,更是在传承着一种精神,凝聚着一种力量。

在一扇精美的窗棂前,我站立良久。透过这些并不奢华的装饰,我想象着当年的喧闹和欢腾,静听着窗棂那边有人在轻轻诉说着城堡的故事——土匪与灾祸，婚姻与收成……他们小心翼翼地在防守严密的城墙中，智慧地经营着自己的家园。

　　要离开城堡了。我知道，留守的意义，已不仅是在形式上了。

　　又起风了。我站在那条纤细蜿蜒的小路上，身旁是疾风"飕飕"的声响。城门土堆旁的那截断壁残垣依旧耸立着。这截断壁残垣不知何时也会在岁月的侵蚀下化为乌有。然而，我却没有一丝的悲凉。我想，就是再过百年千年，这里一定还叫坞堡，还有人讲述着关于它的故事。

　　身旁，风依然遒劲沧然。

（原载《北方文学》2012年第8期）

走过一座城

一

沿着商城路，朝东走，不到五分钟，就来到栅栏外。这是一个不到一米高的黑色栅栏，旁边也没什么标志，若不注意的话，很容易被人忽略。

去省城郑州办事。事办完后，我想去看看古城墙。以前多次到省城，大多是来去匆匆。印象之中，省城只是座日益繁华的商业都市，车多，人多，嘈杂，我并不太喜欢。前几天听朋友说，离火车站不远处有几处商代城墙遗址。这是我未曾想到的。

淡黄的太阳慵懒地晒着，阳光透过树叶，细碎而明亮。街上背阴的角落里，还有残留的积雪。身上的羽绒服，显得有点不合时宜。我已走在春天里。立春才过，路上车辆行人一如既往地拥挤——在这个贯穿东西南北的交通枢纽城市，不论何时，最不缺的风景就是熙攘的人群与蜗牛般挪动的汽车了。

穿过栅栏,左侧是一座不太高的长形土丘。土丘两侧长满了灌木草丛。还未来得及消融的积雪藏在灰色的枯草丛间,星星点点的白,竟有几分写意的味道。这样的土丘,对于从小生长在黄土高原上的我来说,早已司空见惯。然而,在这寻常的风景中,我却有一种熟识的亲切。

朋友告诉我,这截长形的土丘就是商代都城城墙的遗址。有人说是商代中期"仲丁迁于敖"的敖都,也有人认为是商汤都城亳。不管怎样,眼前这普通的土丘,距现在至少已有三千五百年的历史了。没想到,在这日益繁华到处充斥着喧嚣的背后,却有着如此厚重的文化积淀——如一位饱经沧桑的老人,淡定从容,却不轻易讲出岁月深处动人的故事。

这里一片寂静。小小的栅栏把大街上的聒噪拒之门外。

沿着土丘侧面坑坑洼洼的脚窝,我小心地攀爬上去。视线开阔了许多。这是一处窄窄的呈长形的平地。地面用绿色的编织网铺着,为了防尘吧,或者怕雪后地面泥泞。踩着这层薄薄的编织网,心里有一种莫名的别扭——城市里,土地渐渐成了人们避之若浼的怪物。在这水泥浇筑的石林中,能寻得这么一个去处,应该是幸运的。右边,是远远近近鳞次栉比的高楼大厦;左边,是高高低低参差不齐的低矮瓦房。过去与现在,喧嚣与寂寥,落后与繁华,一墙之隔,默默对视——雨后春笋般冒出的大厦,正迅速蚕食着愈来愈矮的破旧瓦房。旁边几棵槐树，和我家后院的一样，弯弯曲曲的枝干，直伸向天空——不知是对远方的向往，还是面对繁华沉默的对峙。

一阵天真的笑声传来，原来是对父子正在打羽毛球。他俩只穿了件毛衣，羽毛球如小鸟般在阳光中迅疾地飞来飞去。不远处，有一对爷孙，两三岁的孙子正拿着玩具挖掘机专注地玩土。爷爷一边抽着烟，一边微笑地看着。那边，三四个妇女正围坐在一起，晒着太阳，聊着天。她们聊的内容，肯定不会是邻里那些鸡毛蒜皮的琐碎，单元式的鸽子楼，邻居之间差不多已形同陌路。哪像在村子，农闲饭余，那些婆姨聚集在一起，边唠着嗑，手里边纳着鞋垫之类的活计——别人的家长里短，也被她们不厌其烦地一遍遍咀嚼。在这里一切慢了下来。

有人说，要想真正了解一座城市，最好是到高楼大厦背后的逼仄小巷去走走。密布在城市角角落落的羊肠巷道，如全身纵横交错的毛细血管。然而，它们的一呼一吸，却与这座城市有着生生不息的牵绊。一条条巷子向城市的深处延伸，彼此间又经纬相连，织成一张偌大的网，把这城市隐秘的气息一网打捞。循着陌生的巷道角落，熟悉而真切的生活气息随处可以触到。城市因此而鲜活。

一截十几米高的古城墙矗立在眼前。它站在这里，一站就是三千多年。几千年来，历史长河波涛汹涌，风云变幻，古城墙默默而立。它看惯了太多苍生的悲欢离合。它一头肩挑着三千五百年郑州的历史,不,是中原历史,甚至是半部中国的历史;一头勇担着都市飞速发展的梦想。古老的城墙与这座现代商城彼此见证着——那些在岁月的侵蚀中渐渐萎缩、湮没、消失,最终成为人们精神的图腾;那些在千年的尘土里,汲取养分,萌发、蓬勃、长成一株参天的大树。

古老的城墙,坐镇商城,是城市的幸运,让这城市说起话来迈起步来更有底气。

晚饭后,我又去商城南路的古城墙。一对中年夫妇拉着两只肥壮的狼狗,在城墙根溜达。紧挨城墙东侧的是一片废墟,低矮破旧的瓦房,杂乱地排列着。一架浅黄色的挖掘机,高高的之字形横臂定格在空中,暮色中,犹如一个孤独的变形金刚在张牙舞爪。

不觉间,万家灯火已次第亮起,映亮了大半边天幕。地面的路清晰可辨,雪被践踏得斑驳不堪,叠加的脚印已冻结凝固。我一直朝前走着。总以为天色尚早,谁知一看表,竟然将近十点。我赶紧转身返回,瞥了几眼那棵干枯的槐树,它还未来得及冒出新绿,只是静静地站在城墙的边沿,定定地守望着什么。稀疏有致的枝丫,印在夜幕上,淡淡的,像极了故乡窗子上映照的月影。

二

离开古城墙,十多分钟的路程,就是火车站的夜市。

都城的夜市，是从来没有时间概念的。不然，春节时，从小生活在郑州的小侄女，回到老家，看见村子上空的星星月亮时，她特别兴奋，大声喊道，快看，老家的星星和月亮真漂亮！我们都不以为意地笑她时，她却以一种不容置疑的口气辩解着，说郑州晚上就是没有星星嘛。

火车站的夜市，更为如此。车站，不断迎来送往，是个流通驿站，犹如一座城市的肺，无论昼夜都要不停地呼吸吞吐，以供给城市的新陈代谢。这里的行人，大多都是匆匆过客，像我一样。

高楼林立，霓虹辉映，有种梦幻的迷离。最为热闹的，是小吃的夜市。晚上，我并没有太多进食的欲望。暖黄的灯光，嘈杂的叫卖，热气腾腾的蒸锅，各种香气混杂在一起，不由分说地浸入脾胃，挑逗着我的食欲。远处，这里标志性的建筑——郑州"二七"革命纪念塔，闪烁的灯饰所勾勒出的金黄轮廓，在灰黑的夜幕，更为耀眼。

离老远，就见一个挂着偌大霓虹招牌"民族风，炫什么情"的商城前面，那个身着清朝皇服的小伙子，还在商城门口来回地走动，就暂且叫他"皇帝哥"吧。早上我路过，就远远看见他——穿着同样的服饰，在门口来回晃动。这种把戏只不过是商家招揽生意、进行促销的奇葩手段而已。只是，路过的行人，对此见怪不怪，并没有表现出太多的好奇。可能是因为别人的忽视吧，"皇帝哥"稍稍挺直腰板，加快了步伐。他的个子本来就不低，加上皇冠的视觉加高，倒也伟岸。若要拍影视剧，仅从外形上看，他或许是个不错的人选。

我决定走近看看。我佯装无事的样子，走向商城门口。"皇帝哥"离我不到一米的距离。我放慢了脚步。他戴着眼镜，把帽檐压得很低，面部一片模糊。转身时，霓虹彩灯正好映在他的半边脸上，几颗时隐时现的青春痘，正在他黝黑的脸颊上炫耀。然而，他瞬间低下头，一副落寞的样子，还夹杂着一丝不易察觉的腼腆。小伙子二十岁出头的样子。他不时地抬起手臂，把帽檐朝下压压，额头差不多全躲进了"皇冠"下面。两只手像不时探出洞口的老鼠，犹豫不决，一会儿伸出袖口，一会儿又缩进长长的袖筒——没了作为王者的威仪，倒像个潜藏的小偷，随时怕被人揪出来。

春寒料峭，一丝冷风钻进脖颈，我不禁打个寒战。

走进"皇帝哥"身后的商城，里面只有稀稀拉拉几个顾客。这是一家卖小玩意的商城，商品都是一二十元的地摊货——在旅游景区常见的那种低廉商品。我有点遗憾。所谓"民族风，炫什么情"偌大招牌勾起的好奇欲望，就这样结结实实被甩到了地上。原以为，这肯定是一家高大上的奢侈品专卖店。至少，这样的话，一整天在商城门口来回走动的"皇帝哥"，他的收入可能会高一点。然而，这终究只是我的一厢情愿罢了。

旁边推着车卖粥的小姑娘，清秀干练，她一边熟练地洗锅、打火、放料、搅拌、盛饭——动作娴熟得像提前输入大脑的程序。她微笑着招揽顾客，真像我那能干的表妹。前几年，村子里好多年轻人都出去打工，表妹也跟着去了一座南方的城市。我们之间就没了联系。看着卖粥姑娘不停地忙碌着，我不知道，此时的表妹是忙碌在车间的流水线上，还是黑夜行走在回家的僻静街巷，或者，她拖着疲惫的身体，蜗居在城市某个逼仄的角落，精心地编织着明天的希望。这一切，我不得而知。

人群之中，生于此长于此的又有几个？眼前的你、我、他，于这座城市都只是过客而已——一阵风吹过，就会吹散你我，彼此各奔东西。即使你在这里待上几年、十几年，甚至几十年。

十点多了，周围依然人流熙攘。卖馍夹菜的六十多岁的大妈，正揭开锅盖。大妈的笑脸消隐在升腾的蒸汽中，只听见她热情的招呼。收钱，找钱。蒸汽瞬息消失在清冷的夜里，大妈的脸庞在昏黄的灯光下更为清晰。只是不知何时，她已收敛起笑容，转过头望着路过的行人，充满希冀的眼神里，更多的是掩饰不住的倦意。

临街的店铺，路边的小摊点，一片灯火通明。我不知道，他们会到什么时间打烊。这会儿可能是生意最好的时候。他们的早晨或许从傍晚才真正开始——每当夜幕降临，他们都会准时出摊，拉好电线，挂上灯泡，赶走星星和月亮，把白昼无限拉长。突然间，我明白了小侄女那不容置疑的结论。

奔波了一天的我，终于要对这座城市说"晚安"了。但愿，这个夜晚一切安好！

三

一下火车，随着人流涌出车站地道，我便湮没在人群之中——如一滴水滴入大海，刹那间消失踪影。

周围满是黑压压的人头。男的，女的，老的，少的，提兜的，背包的，拉箱的，南往北来，熙熙攘攘，一股动力在后面不断涌动，队伍缓慢而有序地向前移动。刚到出站口，拥挤的人流，如一股激流猛然喷出水龙头，四下迸溅。一转眼的工夫，分散的人群又融入车站广场偌大的人海。

高大林立的大厦，一栋栋自上而下逼迫而来，让人不得不抬首仰视。高压之下，莫名的局促，令人窒息。刹那间，我对"渺小"这个词，有了一种更为真切的体会。

我与这城市彼此陌生。于这座城而言，我只不过是一滴随时消失的水。这座城不管如何繁华，于我，注定只是路过的驿站。我与这里的一切都是陌生的，就如一滴水与一滴水之间，彼此分不清到底都是来自天地间哪个方向。

我如一粒微尘，漫无目的地在这座城市的上空游荡。

得知城市有座文庙，我决定步行前去敬拜。其实，这段路坐公交也只有十几分钟，而步行却需要半个多小时。我还是执意步行。让每个脚印都实在地踏在路上，这样会更心安一点。对我来说，这无疑是一次心灵虔诚的朝圣。

左拐。前行。右转。继续。穿马路。过天桥。半个多小时，头上已微微出汗。文庙就在眼前。

这里竟然也有不少人来。

在文庙大门口东侧墙根，蹲着一个年老的乞丐，穿得很破旧。他的面前放着一个白色洋瓷缸子，空空的。缸子外表，有几处白瓷已掉落，露出点点黑色疤痕，如躲在暗处的眼睛，定定地盯着每一个过往的路人。他的存在，与这里的一切显得那么不相称。在火车站，我就遇见过许多这样的"乞丐"，那装得可怜巴巴的眼神深处，藏着许多不为人所知的狡黠。来到这种地方乞讨，会不会以为，前来此处的大多都是读书人，心肠都软——我揣测着。避开老乞丐，我径直走了进去。

文庙正院，烟雾缭绕。殿宇庙廊，高大庄严。这座文庙始建于公元58年，东汉明帝时，距今已近两千年的历史了。圣人孔子以"礼""仁"治理天下，终其一生倡导儒学，使儒家学说成为中华文化的主流。千年的文气，已成为历史发展中最高等级的一种生命潜流。今天，我只不过是来领略注定要长久包围我们生命的文化仪式。

一位学生模样的人，和一位中年男子，正在鞠躬作揖，神情庄重。我不禁肃然起敬，双手合十，虔诚敬拜。缕缕青烟，袅袅上升。耳际，偶有微风拂面。头顶，阳光正好。但愿圣人的灵气，能带我循着一条幽微之途，修得澄澈如水的精神至境。

　　离开文庙时,远远看见门口的老乞丐还坐在那儿,低着头。那只白色洋瓷缸子上的"眼睛",异常醒目。我快步走了过去,没有一丝迟疑,从口袋里拿出一张零钱,弯下腰,放进洋瓷缸子。我发现,缸子里面已有几张纸票和十几个硬币。

（原载《鹿鸣》2017年第7期）

沉睡的王朝

我一直认为，在华夏文明漫长的历史长河中，大秦帝国显得霸气太重，大宋的风流文采掩盖不了武功的孱弱，真正能称得上王朝的，只有大汉了。

两千多年的时光流逝，湮没了那个王朝的痕迹。让人欣喜的是，汉王朝把它赫赫的辉煌留在了南阳。

一

2013年10月，我来到南阳。

在我脚下，埋藏着一个镂金错彩的汉王朝。我所有的生命基因和文化密码都与这遥远的汉王朝息息相关。作为他的子民，不知道这千年之后的探访能否触摸到汉王朝的脉搏与灵魂。

"于显乐都，既丽且康！陪京之南，居汉之阳。割周楚之丰壤，跨荆豫而为疆。体爽垲以闲敞，纷郁郁其难详。"这是张衡眼中的南阳，繁华而富丽。

眼前的南阳厚重而大气,没有车流熙攘的喧嚣拥挤,没有让人感到压抑窒息的高楼丛林。贯穿于市区的白河给这座城市增添了更多韵致。随处可见"三顾茅庐""百里奚"等诸如此类的街名店名,古朴之中混杂着现代气息。这若是放在别的城市倒成了一个蹩脚的手法,而在南阳,则成了一种很妥帖的点缀。

南阳位于伏牛山之阳、桐柏山之阴的盆地,南蔽荆襄,北控汝洛,加上土地肥沃、气候湿润,是块天府之地。西汉时,就与洛阳、临淄等古都齐名,成为五都之一。到了东汉,光武帝刘秀发迹于南阳,云台二十八将中就有十多个是南阳人,分封在南阳的侯王就达四十七人。在南阳,皇亲国戚不能尽数,王侯将相宅第相望,"士女沾教化,黔首仰风流","南都""帝乡"的美誉便由此而来。

名传千古的武侯祠,承载着千年的历史底蕴;万世敬仰的医圣祠,今天仍泽被苍生。更不用说随处一个街名店名所不经意间散发出的文化味。踏在这片土地上,每一脚下去都会渗出大汉的气息。

现代生活的繁华与西方文化的侵蚀,人心日益浮躁,传统文化与精神信仰渐行渐远,内心的软弱和心灵的枯竭常使我感到一种文化无力感。面对赫赫的大汉王朝,我满怀愧疚,如一个懵懂的孩子知之甚少。来到这里,是一种灵魂的救赎。

大汉王朝编织的绮丽梦想,终被时空化为黄土下的沉寂。

惊醒这沉睡一梦的是1931年的一场暴雨。这年夏天，一场冥冥注定的暴雨，使滚滚白河水冲上堤岸，在南阳城西南十八里草店村附近，竟然冲出了一座汉墓。墓中的文物早已被盗抢一空，只剩下搬不动的刻有图案文字的墓石。

一石惊破千年魂！一个王朝的心跳从此清晰而有节奏地传来。这些朴拙而丰富的线条和文字，让一块块冰冷的石头有了温度与生命。它们娓娓述说着先民们的劳作生息与生老病死，述说着那个时代的精神追求……随着出土的汉画像石愈来愈多，大汉王朝渐渐呈现出它的瑰丽丰姿。

汉画像石艺术的发展，有着深层的社会文化原因。汉朝尊崇儒术，崇尚孝道，推行以孝治天下。"举孝廉"制度就始于汉朝，只有被当地推举为"孝廉"的人，才可以到朝廷做官。老人生前，不仅要悉心照顾，死后还要厚葬，以表孝心。因此，"生不极养，死乃崇丧"厚葬之风的盛行也就是理所当然的事情了。《盐铁论·散不足》有"今生不能致其爱敬，死以奢侈相高，虽无哀戚之心，而厚葬重币者则称以为孝，显名立于世，光荣著于俗，故黎民相慕效，至于发屋卖业"。

汉代葬仪讲究"视死如生"，不但要把人生前所用物品带入墓中，修墓时还按照现实生活中房屋的模式来建造，有休息的地方，有放东西的地方，甚至还有厕所。

眼前这幅《出殡奔丧图》真实地再现了贵族车骑出行奔

丧的盛大场面：画上第一人身旁植有柏树象征墓地，第二位骑马的人手中拿着招魂幡。驾车的马昂首奋蹄，而车上乘坐的人则平稳安静。前面的辂车完全写实，而最后一辆车后半部分却被虚掩了起来，虚实相生，让人想象着后面还有好多车辆。

《盐铁论》中对南阳经济早有"商遍天下，富冠海内"的赞叹。两汉时南阳的冶铁业发展相当繁盛，巨型犁铧和大型犁铧等先进农耕工具的推广，大型水利工程的修建，为小农经济发展提供了优越的条件。农业生产的发展促进了人口的增长，手工业、商业也迅速繁荣，社会经济发展如虎添翼，这为厚葬之风奠定了丰富的物质基础。

南阳的国戚豪强、巨户富商并不满足于生前的荣华富贵，死后还想要在阴间继续奢侈享受。他们就用雕刻有画像的石材来营造冥宅大墓。汉画像石也随之发展成为一种独特的石刻艺术，"举凡意之所向，神之所会，足之所至，目之所睹，无往而非汉石也"（《南阳汉画像汇存》）。先民创造的这种纯粹的本土造像艺术，就像它所处的时代一样波澜壮阔，在东汉时达到了鼎盛，为中华文化涂上了炫目光彩的一笔。

这些皇亲贵族，他们当时绝对没有想到，他们用巧取豪夺的钱，来建造这冥宅大墓，这些穷奢极欲的见证，千年之后，竟成了一个伟大王朝的"历史缩胶"，一部无言的"石头史诗"，足以让人沉思。

秦所修建的长城，如一道铜墙铁壁，有效防御了北方游牧民族骑兵的袭击，两千年来农耕文明得以独立而平稳地发展，长城也成为中华民族辉煌历史与文化的象征。隋朝开凿的大运河，如滔滔不息的血液，奔腾于中华大地的南北，让中华民族第一次真正地融会贯通。巨大的工程耗尽了帝国的民力和资源，帝国因此加速了灭亡，但留给后世的却是无比巨大的财富，今天我们还在享受他们的福祉。我习惯于苛责他们的残暴和昏聩，但是今天却感到了自己的肤浅和单薄，我似乎并不具备点评历史厚度的能力。历史有时并不是简单而论的。

二

高耸的汉阙在辽远天际的映衬下，蔚为壮观。一堵厚重古朴的大理石墙壁上，雕凿着郭沫若题写的"汉画馆"三个遒劲大字，透出几分汉隶风范。往前，就是雄浑庄重的仿汉建筑展览厅了。

东汉大型圆雕——天禄、辟邪静静地站立在展览大厅中央，它们前腿直立，后肢弯曲，虎头凤尾，龙爪麟目，两腋生翅，昂首向天，古朴豪放。这两尊石兽原为汉代太守宗资墓前的镇墓之兽，现为镇馆之宝。古人把它们置于墓前，有祈护祠墓、冥宅永安之意。千余年来，天禄辟邪默默地恪守着古老的承诺。

巍峨的重楼高阁，威严对称的汉阙，骈驾飞驰的轺车，满案的山珍海味，热闹的酒筵歌舞，成群结队的奴婢侍从，紧张激烈的骑射畋猎……从生产劳动到社会生活，从建筑艺术到天文地理，从耕作劳动到舞乐百戏，汉代热烈而奢华的生活气息扑面而来。

贵族阶层生活的鼓乐宴飨随处可见。眼前这幅上面两人在击鼓奏乐，下面食案上摆放着蒸鱼、烤鸭、羊肉串等食物，那斟满美酒的耳杯，竟然是一个陷下去的窝状，巧妙之极。还有车骑出行的、畋猎的、斗鸡的，成群结队的奴婢侍从，男奴操戈执盾，女婢端灯执炱。我置身其中，沉醉在这宴饮酒乐游行之中，流连忘返。

古朴的线条中，往往蕴藏着先民对纯朴生活的解读与智慧。这是一组简洁朴拙的汉画像石：一条小河从层叠起伏的山峦中流出，周围有群兽出没，猎犬追逐。一座拱桥飞架溪水之上，桥上两人在悠闲垂钓，桥下两人一人正在划舟，另一人正扬起臂膀向河里撒网，水中有鱼儿历历可数。这片阡陌绿水，陶渊明一定来过，他用了大半生的时间留恋其中。看到汉代的独轮车时，随同的孩子马上惊喜地喊道，你们快看，这和我们老家的架子车差不多。虽然时光已经流逝了千余年，但最初独轮车的影子却至今深深烙在了一些传统农具上。时间是一把无情的刻刀，但在先民的智慧面前，它却温柔地选择了保留。

舞乐百戏厅就如一座斑斓多彩的舞台，见证了当时社会文化生活的无比繁荣：只见歌舞演员踩着节奏，舒展着长袖，轻踏在复盘之上。我置身于数千观众之中，观看优美的七盘舞。耳际边，金鼓管弦齐鸣，铿锵之声响起，眼前成了一片舞蹈的海洋：姿态曼妙的折腰舞，巾荡若鸿的长巾舞，激奋人心的健鼓舞……最让人惊心动魄的是位冲狭女子，头上髻鬟高束，身着束腰长袖紧身衣，引颈侧身，像一只矫健的飞燕，急速跃过插有利刃的狭圈，衣带也随风飘扬。观之，不由让人为之虚惊一场，心中却暗暗喝彩。

我身临其境地体验到了家喻户晓的鸿门宴：右侧项羽握剑而坐，刘邦与他相对而坐，中间舞剑者即为项庄，剑尖直指刘邦，与项庄相对的是项梁。寥寥数笔，便使人一目了然，回味无穷。只是在这里，我读不到阴谋，读不到惊险，读到的只有生动与鲜活。

天文展厅里的汉画像石闪烁着科学智慧的光芒。妇孺皆知的七星勺星座，勺柄指向东方，据说是一幅春天的星象图。那时，没有先进精密的观测工具，先民就能解读出如此高深的宇宙奥秘。亘古而遥远的星空，几千年前就赋予了先民垂天的翅膀，仅地动仪的发现，就让中华民族整整骄傲了几千年。

记得大学期间读到汉赋时，虽然沉醉于那铺天盖地富丽堂皇的描写，但总是认为那不过是文学的修辞、艺术的夸张。当面对这真实的再现时，我无言以对了。

汉朝是一个有着征服欲望的进取民族。大汉的铁蹄纵横驰骋，所向披靡，匈奴魂飞魄散，"失我祁连山，使我六畜不蕃息；失我焉支山，使我嫁妇无颜色"，匈奴不敢南下而牧马，边境呈现出一派"边城晏闭，牛马布野"的和平气象；张骞两次西域壮行，打通了东西交流的通道，先进的汉文化从此传播到天山南北，印度的佛教哲学和艺术也源源不断地传入中国；大汉的军旗遍布三十六属国，恢复了庄蹻滇国的旧业，消灭了南越赵氏的割据。挥斥方遒间，中华民族的疆土在汉武帝的视野中一次次扩展。

在新野县樊集吊窑汉墓群发掘的"汉胡战争"画像石中，步兵强悍勇猛，以手擘弓，以脚踏弓；骑兵马上奔突，厮杀混战，矫健自信。还有拘系、拷问、拜谒的场面，都生动再现了战胜时的情景。

"天子受四海之图籍，膺万国之贡珍，内抚诸夏，外绥百蛮。"这是东汉班固在《东都赋》中所描写的。犯强汉者，虽远必诛。这是一种怎样的豪气与胆魄！在漫漫历史长河中，我们中华民族又有几次发出这样令人震撼的宣言呢？

百家的学术风气激活了汉文学潜藏的巨大活力，汉代恢宏的王朝气度与外向的民族视野直接影响了汉赋的整体风貌。贾谊、司马相如、枚乘、扬雄、张衡等一个个汉赋大家，辞藻华丽、气势磅礴的一篇篇鸿篇巨制，让汉文学呈现出雄沉的大美气象。

思想的成熟催生了军事科技各个领域的光芒。大思想家董仲舒，大史学家司马迁，大军事家卫青、霍去病，大天文学家唐都和落下闳，大农学家赵过，大探险家张骞等，几千年过去了，这些人至今都无愧于称谓之前的那个"大"字。

我们的民族称为汉族，就是从汉代而来。这个王朝建立了中国前所未有的尊严，它给了我们民族挺立千秋的自信，它的国号也成了一个伟大民族永远的名字。不论何时何地想起，我的心中总会豪气万丈。

三

参观者愈来愈多，汉画馆内愈来愈喧嚣。而我，走进了一个梦幻的世界。

羽人神兽，随处可见，身生几寸长羽毛的"羽人"竟能从地上自己升到楼台之上。似龙非龙似鹿非鹿的飞廉，一前一后追逐奔跑。神态生动自然，线条刚柔相济，给人以古拙苍劲之感。"前望舒使先驱兮，后飞廉使奔属""乘水车兮荷盖，驾两龙骖海"，《楚辞》中上天入地、驱虎驾龙的奇幻意象，都可在南阳汉画石中随处找到注脚。

人面兽身，人身兽面。人与神同登一台，仙与凡共处一堂。上极苍天九重，下接冥界黄泉，连接生死，沟通古今。尺幅之间，静谧的幽冥、神秘的天国和喧嚣的人间现世，相互融入，和谐共处。极致的夸张，奇丽的想象，人的精神气质更为奔放，生命力量更为厚重。

《斗牛搏虎汉画》中，一个人右臂斗牛，同时左掌搏虎。

老虎的身躯弯曲呈 S 形,头部张开大口,四肢夸张,以形出神,先民驾驭万物的无比自信跃然石上。

"赫鞭朱朴击不祥,彤戈丹斧,芟夷凶殃。投妖匿于洛裔,辽绝限于飞梁。"这是《大傩赋》中所描写的人对神鬼的驾驭。神鸟腹中孕育着圆圆的太阳,四周曲线飘逸,众星环绕,共同托起即将诞生的红日。在这里,人戴上鬼神的面具,就可以战胜力量强大的虎豹熊罴。在汉武帝茂陵石刻中就有人食熊的内容,我们根本没有勇气、资格去嘲笑汉人如此的自信和想象力。正是这种自信,大汉王朝征服了如同猛兽一般的匈奴民族,捍卫了农耕文明的延续性。相比之下,和平主义的印度文明则被游牧民族征服和同化。

那是个充满征服欲望的时代,大汉王朝征服了变化无穷的大自然,征服了强劲野蛮的匈奴,但他们还不满足。他们无所畏惧,不仅要征服天上的神仙,还要征服地下的鬼神,甚至前生后世。

先民奇特的想象,大胆的夸张,赋予了鬼神更多的寓意。夏商朝敬畏神鬼,统治者遇事必卜,表明自己的行动都是符合天意的,其中的鬼神往往充满一种诡秘的神力,人们对神鬼更多是害怕与敬畏。他们祭祀神鬼是为了求得神灵的欢心,得其保佑。到了汉代,人们渐渐开始把鬼神降格为自己征服和娱乐的对象,民间百姓祭神中的歌舞就不仅仅是娱神了,更多的是自娱。汉画像石中所表现的就是人对鬼神命运的一种完全驾驭。这正是先民一种无比自信的文化逻辑。

艺术的力量、幻想的力量是巨大的。20世纪30年代，鲁迅、董作宾等文化教育界名流，共同掀起了搜集、整理、研究南阳汉画像石的热潮。特别是鲁迅，不顾病魔缠身，对汉画像石的搜集和喜爱达到了痴迷的地步，他曾说："惟汉人石刻，气魄深沉雄大。"吴冠中先生也曾激动地说："我简直要跪在汉代先民的面前了。"

想到这里，我对大汉先民不由肃然起敬。有时我们常常会莫名地感到困惑，当面对汉代先民时，我们是不是应有几分自豪与敬意？

四

一块块汉画像石没有因为历史的尘封而失色，没有因为时代的变迁而黯然。这是一个意气风发的王朝，这是一个大气磅礴的民族。它浩浩荡荡而来，经过时光的沉淀，在中华民族漫长的历史中占据了主流时段，成为中华文明最耀眼的华彩乐章。

五千年前，炎黄二帝从黄河流域的一个小部落，发展成为以汉民族为主体的多民族统一的大部落联盟，其间经历了夏商的神鬼，周的礼乐，春秋战国的百家争鸣，华夏民族经过两千年的文化艰难探索和咀嚼，终于融会贯通，神鬼的狰狞不再可怕，礼教的诚意去掉了烦琐，法的冷峻失去了棱角，楚文化的浪漫，齐文化的重商，中原文化的厚重……到汉朝时蔚为大成。

历史上有过许多强大的王朝，一一数来，如秦朝、隋朝、元朝等。回望历史，我们不难发现，这些强大的王朝虽然都实现了天下统一、经济繁荣、国力强盛，但最终，它们都如昙花一现般消逝于历史的天空。而同样一统天下的汉王朝，却演绎了四百多年历史的精彩。轻翻史册，让我们沉思，汉民族之所以辉煌长久，就在于有包容的胸怀，善于不断对外来文化吸收融入，从而完善形成自己厚重的汉文化。一个民族想要长久繁荣发展，丰厚的文化根基应该是最足的底气。

看着，想着，我心头的迷惘也渐已远去，一股隐隐的力量从心底聚起。先民们开放包容的气度，优雅美丽的生活，深邃博大的思想，应成为我们的精神信仰和文化追求，重拾民族自尊、自信、自强的文化脊梁！

灵石不言。就如这个沉睡的王朝不曾沉睡一般，只等你悄悄走近，无须言语，只需用心领会，它就会向你敞开心扉，与你进行一场精彩的交流，关于那个伟大时代的一切，关于我们民族的千年一脉。

（原载《延安文学》2014年第5期）

雁 门 行

一

　　立冬还没到来,这里已飘起雪花,漫山遍野。刚开始,是一朵一朵,在空中悠悠地飘着。随着一阵疾风呼啸而过,雪花瞬间被拉直疾射而下,城墙上高竖的旌旗,在空中被撕扯得噼里啪啦。劲风如刀,风却不见踪影。眼前,高低起伏的山脉,全笼罩在这铺天盖地的苍茫之中。此刻,我恍若一朵小小的雪花,漫无目的地随风飘荡。

　　与中原相比,塞北的风雪更为豪爽畅快。有人玩笑说,这里风大时,能把石磨盘吹起来放风筝。我算切实领教这塞北大风的厉害了。风浩浩荡荡,裹挟着强劲的霸气,漫山遍野地肆意铺排。此刻,天地间魔法似的突然阔大了许多。

　　勾注山逶迤绵延,一条蜿蜒折行的古老商道,若隐若现地盘桓在群山之中。南坡还是满目苍翠,北面却已是百草覆雪。雁门关依着山势巍然耸立。这座千年古关,我来不及细数它曾经的惊艳。耳际,雪落无声,唯有寒风呼啸,在天地间抑扬回荡。老天也算遂了我的心愿。此时登临雄关,或许更会有一种穿越时空的真切吧。我在漫天飞雪中,彳亍而前,去探寻那股奔腾不息的力量。

凛冽的冷风直灌进衣领和袖口。我站在雁门关城楼,那首熟悉的诗扑面而来:

> 黑云压城城欲摧,甲光向日金鳞开。
> 角声满天秋色里,塞上燕脂凝夜紫。
> 半卷红旗临易水,霜重鼓寒声不起。
> 报君黄金台上意,提携玉龙为君死。

昔日的古战场,就在眼前。这里,曾烽烟迭起,战乱频发,铁蹄在这片土地肆意践踏。秋日的暮色里,重重的乌云逼迫而来,空气凝滞沉闷得让人窒息。将士的铠甲闪耀着刺眼的光芒,一切肃穆而悲壮。唯有高亢的号角,似一柄柄凌厉的长剑,刺破云层。到处是斑斑的血迹,早已凝结为紫黑色……雁门关,边塞之重地,肩负着历史赋予的重任,在一次次战乱中浴火重生。

天下雄关大多都是以自然地势或具体地域来命名。明末清初思想家顾炎武在《天下郡国利病书》谓:"两山对峙,其形如门,而蜚雁出其间,故名。"雁门关位于山西代县县城向北二十公里处的勾注山。这里海拔约两千米,最适合修筑防御工事——既具备了险要的地形，又不至于无法攀登。眼前的这段长城，就是明万历三十三年（1605年）巡抚都御史李景在古长城基址上复筑而成，如今也是我国保存较完整的古长城。

以农耕为生的燕赵之地，濒邻北方的游牧民族，二者之间战乱冲突频繁。尤其是战国时期，匈奴日益强大，他们常常派骑兵南下突然袭击，烧杀掳掠。骑兵行动迅疾，来去飘忽，让人难于防备。而燕赵的步兵和战车，再加上将士穿的宽衣大袖，行动则显得迟缓，自然不能迅速阻止袭击。

面对匈奴的肆意侵袭，燕赵之国没有畏惧，他们机智应战，勇敢抵抗，燕、赵、秦先后在北部修筑长城，此举在冷兵器时代，及时有效地阻挡了匈奴的入侵。随后，他们积极改革兵制，采取措施，极大地提高了军队的战斗力。

关门外，赵国良将李牧祠前。

风疾驰而过，一闪即逝，紧接着又是更为强劲的长啸，持续不断，似传递着十万火急军情的驿马仰空嘶鸣。紧密的马蹄声，在空中织成一道密实的坚墙，让人不敢有半刻的延误。

沙场秋点兵。

点将台上。战旗在风中猎猎作响，出征的将士如铁桩般，大刀长矛闪烁着点点寒光。将士们群情激昂，好不容易等到了这一天。是的，这一天，也是李牧所期待的一天。李牧神情庄严，目光深邃。为了这一天，他经受了赵王与将士的多少误解。今天,雪耻的时机就在眼前。

长期镇守雁门郡的李牧,对待匈奴,他有自己的策略,那就是养士气而骄敌兵。李牧设官收税,以备军事费用。士卒苦练作战本领——骑射布阵,攻守战法,烽火报警,收集敌情,样样精熟。开始,他严禁将士与匈奴直接交锋,匈奴误以为李牧怯弱,不敢作战,将士也以为李牧惧敌而取守势。为此,李牧被赵王调离雁门关。之后,复任的李牧仍是坚守不出战。匈奴愈来愈变本加厉地掠夺。将士们早已是忍无可忍,义愤填膺,纷纷发誓要与匈奴决一死战。

李牧见时机已成熟,他精选战车和战马,并动员百姓把牲畜赶出来,以引诱匈奴。果不其然,就在匈奴大队人马肆意掠夺之时,李牧令部将突然袭击。将士们斗志昂扬,奋勇杀敌,直杀得十万余敌骑溃不成军,单于仓皇逃命。李牧乘胜追击,顺势消灭了襜褴,打败了东胡,降服了林胡。

匈奴此一大败,十多年间再也不敢侵扰赵国边境。

燕赵之地自古以来,就多"感慨悲歌之士"。这些慷慨之士大多高昂豪放,激愤悲悯。俗话说,一方水土养一方人。其实,这与特殊的生存环境与社会文化熏陶分不开。春秋战国时期,"诸子蜂起,百家争鸣",社会文化呈现出繁荣兴盛的景象——各具特色的诸子百家自由地发表着主张,以巨大的热情和无畏的勇气,开创学派,编撰著作。各种思想与文化不断地进行着碰撞、交流与融合。此时的中华文化与精神正处于青少年时期,充满着蓬勃的朝气与雄健的锐气。

几千年来，农耕民族与游牧民族为了争夺生存空间，进行了无数次血腥的战争。

秦始皇统一六国后，便派大将蒙恬率领三十万大军北伐匈奴，匈奴兵败之后逃到漠北，不敢南下侵扰。秦朝趁机又大修长城，把以前修建的长城连接在一起，西起临洮，东至辽东，作为第一道防线，雁门关作为第二道防线。历史上先后有二十多个诸侯国家和封建王朝都曾修筑过长城，他们在长城地势险要处，修筑关隘，以利防守，共有万余里。巍巍雄关，从此隔开了塞内和塞外，也隔开了农耕和游牧。它与古老的长城一起，勾勒着中国疆域的风云变迁。

不论是春秋战国，还是汉唐宋明，雁门关都属于遥远的边疆——人烟稀少，偏僻荒凉，是不毛之地。即便如此，它对于中原王朝来讲，却从来都是国土之巨防，天然之屏障。雁门关凭借着山势的险要，筑起了一道坚固的防线——外可以壮大同之藩卫，内则固太原之锁钥。

特殊的地理位置，使雁门关在不同时期扮演着不同的角色。战争时，"黑云压城城欲摧，甲光向日金鳞开"，雁门关就是戍守的重卡；和平时，"商埠经济多门路，财源如水流代州"，雁门关又成为商家营输的必经之路，塞内塞外，互通有无，边贸互市。雁门关在成就了一代代传奇富商的同时，也盘活了沿途百姓的生计。

赵武灵王修筑代州古城，不仅开拓了国家的疆域，还打通了多民族贸易的关卡。代州古城也成为向丝绸之路出发的又一个始发城池。"胡服骑射"改革之后，赵武灵王经过数年的征战，版图一下子划到了今内蒙古的大青山。以代州为基地，赵武灵王坐在国都邯郸，就能经营好关外的云中、九原、代三郡，牢牢掌握丝绸之路上的外贸主动权。

二

"远与君别者，乃至雁门关。黄云蔽千里，游子何时还？"雁门关牵系着塞内外每一位儿女的情感。远至两汉大唐，近及明清，许多文人墨客都为雁门关赋诗题文。然而，一提到雁门关，似乎都意味着遥远的边疆，连年的征战，守疆的将士，不知有多少忠肝义胆，又有多少生死离别……而今，雁门关在人们心中，早已脱离了具体的地域，它不再是地球上一个简单而具体的地名，而成为一个蔓延千年家国情怀的代名词。

儿时，我最盼望过冬天。一到冬季，地里闲了，村子几里之外的大队部隔壁有个戏园子，每年都会在这个时候请来戏班，唱上几天大戏，以此犒劳人们一年的辛苦劳作。大多时候，不是秦腔就是蒲剧，有时也有豫剧。对于孩子来说，能出去看戏凑凑热闹这无疑是一年中最让人兴奋的事了。

戏园子总是没白没黑地唱。白天，大人们还要忙。我按捺住性子，一直盼到晚上，才准去看戏。大人背着长条木凳，一路上说说笑笑。我跟在后面，兴奋得跳着跑着。

最喜欢看的是武生拿着长鞭当马，大喝一声，在舞台上疾奔一圈，转瞬之间就是千里之行。在孩子的眼中，锣鼓梆子响起，打打杀杀的甚是热闹，至少相对于那些旦角没完没了的咿咿呀呀不知要强多少倍。武戏中最精彩的要算杨家将了，杨延昭雁门关大败辽军，穆桂英挂帅……戏台上威风凛凛的杨家将，在我眼里，他们就是天下第一等的英雄，他们保家卫国，慷慨赴义。懵懂的我，不觉萌生出一种对英雄的向往与渴慕。

只要一提到爱国，我就会想到杨家将。杨家将成了我心中爱国的标签。杨业、杨延昭、杨文广、杨再兴、佘太君、穆桂英……一个个熟悉亲切的英雄仿佛从偏远荒凉的边关驰骋而来，定格在我的脑海。

英雄的情结不知何时深深根植于我心底。对于这点，我从来没有进行过深入思索。

到后来，随着年龄的增长，我读了许多资料和诗词，那段历史的脉络才渐渐清晰——燕云十六州被石敬瑭拱手相送，作为北部第一道屏障的雁门关，成了咽喉要塞，根抵三关，势控中原，直接维系着山西、京冀、中原的安危，成了关乎朝廷安危的关键。中原北出，草原南下，都要经此要塞。在整个北宋几百年的历史中，雁门关的上空总是弥漫着滚滚狼烟。

"重关独居千寻岭，深夏犹飞六出花。""驼囊泻酒酒一杯，前头嗻血心不回。寄语年少妻莫哀，鱼金虎竹天上来，雁门山边骨成灰。""我所思兮在雁门，欲往从之雪纷纷。侧身北望涕沾巾……"奇异的塞外风光，戍边的艰辛生活，将士的乡愁旅思，以及建功立业的豪情壮志，与烽火、狼烟、战马、宝剑、铠甲、孤城、羌笛、胡雁、雄鹰、夕阳、大漠、长河、长城、边城、胡天等意象所组成的画面，在时空中纷乱变换。

站在弥漫着风雪的千古雄关，我在汹涌澎湃的历史长河中孜孜探寻。

三

《说文解字》中说："关，以木横持门户也。"后由此引申为关口、隘门。据统计，光长城上的关隘就有二百余处。"有志者事竟成，破釜沉舟，百二秦关终属楚。"这里的"百二秦关"在古代通指函谷关或潼关以西的秦国领地。秦凭借崤山和函谷关的天险，消灭六国，统一天下。在冷兵器时期，古代关隘最重要的价值莫过于军事价值了。

在小北门城楼的顶端，苍劲古朴的"雁门关"三个大字赫然醒目。"三关冲要无双地，九塞尊崇第一关。"天下雄关无数，哪一处关隘不蕴藏着动人心魄的故事？哪一处关隘不是历史和文化的标记？

眼前苍茫一片，枯草已被积雪覆盖。我挪步前行，一串清晰的足迹赫然印在地上。片刻工夫，再回头望去，足迹已被覆盖，地上又是白茫茫一片。然而，有的足迹，虽然已淹没在时间深处，却会穿越时空，闪烁着耀眼的光彩。

在与匈奴的争斗中，最让人心潮澎湃的莫过于大汉王朝。

随着国力日渐强大，时机日益成熟，当面对匈奴频繁入侵，雄心勃勃的汉武帝刘彻再也按捺不住，他决心用武力来彻底解决匈奴这个心头之患。

公元前127年，将军卫青率大军自云中向西迂回，击败匈奴白羊王、楼烦王，收复秦时河南地，建立朔方郡，匈奴被迫迁往瀚海以北；

公元前123年，卫青、霍去病分道深入漠北，捕捉匈奴主力。先后建立武威、酒泉、张掖、敦煌四郡，切断匈奴与西羌的交往，开辟了通往西域的走廊，为中国与欧洲在文化交流上提供了必要条件；

公元前50年后，匈奴内部分裂为南、北两部。汉军助南伐北，南匈奴呼韩邪单于北归，再度统一匈奴。从此匈奴亲汉，不再南侵。

此后的六七十年间，汉朝北部边境呈现出一派"边城晏（晚）闭，牛马布野"的和平气象。

…………

请允许我这样不厌其烦地罗列赘述这些史实，习惯沉默的历史不会为自己辩解。千年雄关从来都是至尊无敌，所向披靡，不知什么叫避让。大汉王朝多少戍边将士，镇守雁门关,抗击外来侵犯,枪挑强梁,壮怀激烈。曾无数次,敌人的铁蹄在此停滞不前。有雄关在侧,大地才得安宁,睡梦都觉得格外香甜。

一个伟大的王朝,必然会涌现出伟大的英雄;一个英雄的时代,一定会凝聚刚健的民族精神。

追根溯源,正是由于春秋战国时期的"百家争鸣",才促使汉朝形成了"博大兼容""强劲刚健"的民族文化与精神。在这样一种文化熏陶和精神感召下,汉朝的疆域得到拓展,汉文化得到前所未有的鼎盛发展,民族精神也愈发雄健。此时的中华民族文化,正意气风发地迈进成熟的青年时期。

关楼两边,雄峰对峙。东门有雁楼,不远处是靖边楼。西门右侧为关帝庙。关城之内分别建有营房、校场。一阵风掠过,倏地在空地上打了个旋,转身又扬长而去。营房、校场空荡荡的,屋子里简单的摆设,显得有些落寞。驻扎在这里的将士早已远逝。我在寻找着什么,却不知自己究竟想要寻找什么。住室、食堂、校场、水井、拴马桩……边塞军营生活的气息一点点迫近,渐益浓郁。

"曙色清明,残星几点雁横塞;晨曦初朗,斜月孤伶门上关。"这是关楼上镌刻的楹联。清晨,残星、斜月、大雁、关塞,似乎在晨光中仍有未及褪尽的睡意,关塞清幽寂静,又冷峻威严。雁门关饱经岁月风雨,眼前的建筑或许多少脱离了最初的意味,已衍化为铭刻着时光记忆与彰显人文传说的文化载体。

在月朗星稀的夜晚，边关一定很寂静。一切都沉浸在静谧的黑夜里，城墙上站岗的哨兵，屏气凝神，眺望着远处无尽的黑。将士手持的金戈与铠甲"哐当"的摩擦碰撞声，给夜色平添了几许肃杀。营房里，传来劳累一天的将士们此起彼伏的鼾声，边关的夜晚因此充满无限温馨——他们一定在做着甜美的梦，那酣梦一定是世界上最美好的梦。梦里，一定有遥远家乡白发苍苍的父母遥望的目光，有新婚没几天就别离的娇妻无尽的思念，有妻子怀里嗷嗷待哺的幼儿……能够睡个安稳觉，对于将士们来说是幸福的。多少次，敌人半夜突然袭击，警报响起，梦猝然而断。来不及在梦中看上亲人最后一眼，或许，将士们的脸颊还残留着几许甜蜜的笑意。然而，容不得他们有半点思考和迟疑，他们跃身而起，拿起长矛刀枪，立即冲锋陷阵。这一切他们早已习惯。只是谁也不知道，这一去，最后还能不能再回来，继续做那戛然而断的美梦。为了天下的安危，为了家中父母妻儿的安宁，谁不期盼早日凯旋，与亲人团聚？

雁门关如臂膀一般挽起绵延的山峰，叙说着金戈铁马的赫赫战功。冷兵器时代，造就了一个又一个雄关险隘。在火药没有发明之前，一道关隘便可以阻挡一切，关里关外两重天。历史上，有的关隘曾决定过一个王朝的命运——唐时潼关失陷，长安也不再"长安"了，唐玄宗只得向四川仓皇逃跑。

眼前的雁门关，农耕文化与游牧文化在此不断碰撞、交融，中华民族几千年的铁血战争也在此见证。

守关的将士手握长枪，戎马疆场，英勇冲锋，以死来报效国家。在这里，雄关就是一首悲壮之歌，血染的风采屹立千年，焕发着永恒的魅力。在历史的长河中，长枪与将士定格成一幅雕像，一帧剪影，永远向后人昭示：中华民族不可辱。

意气风发的汉武帝，当他雄心勃勃地勾画着心中宏伟的蓝图时，殊不知，他也为王朝的衰败埋下了隐患——长期的征战掏空了国库，百姓的生活日益困苦。尤其是"罢黜百家，独尊儒术"这一国策的实行，董仲舒将道家、阴阳家和儒家中有利于封建帝王统治的部分加以发展，主张以仁治国。从此，儒学成为汉代正统思想，也成为中国几千年的统治思想。到现今，"汉人"仍为多数中国人的自称，而华夏族逐渐被称为"汉族"，华夏文字亦被定名为"汉字"。

任何事物都避免不了它的局限性。其实，儒家文化所强调的温良恭俭让，尤其是其中庸之道——谦让、中立、以和为贵，这些对中国思想影响尤为深刻持久。当这样一种内敛的文化，遇上民族精神气质正处于蓬勃发展成熟时期的大汉王朝，久而久之，就会产生一些消极的影响。

四

几千年来，中原帝国若要开疆拓土，便须由勾注山向北推进；游牧部落若要扩张领地，则由此向南进击。当中央王朝强盛之时，勾注山则属中原疆域；当中央政权分崩离析时，游牧民族则突破勾注山乘机南进。

雁门关这座铁血沙场国门，从赵襄子主持三家分晋到贺龙指挥雁门关伏击战，记载于正史的战争就达二百多次。中华民族是一个多灾多难又生生不息的民族。

魏晋南北朝，五胡乱华，中原陆沉，社会分裂动荡，中华民族遭受到沉重的打击。隋的统一，让战乱中流离失所的百姓得到暂时的安定与喘息，南北经济逐渐繁荣，为大唐的兴盛奠定了基础。到了唐代，海纳百川，兼容并包，不仅继承了秦汉文化，尤其是外来文化，给中华民族文化注入了一股刚劲雄健的精神。

然而，当一种东西熟透了的时候，自身若不能及时修正与焕发新的生命力，便会逐渐烂掉。纵观历史，不难发现，当一个帝国在制度上有严重缺陷，或许能靠少有的几位明君和几次天降好运来短暂中兴，但这并不能解决深刻的社会矛盾。这样的帝国尽管能一时繁荣，最终还是难免要坠入覆灭的深渊。

中晚期的唐朝正是如此。

一部雁门关的历史，就是半部血雨腥风的中国古代史。这座雄关以其伟岸的身躯，浴血奋战，一次次阻挡着一切来犯之敌，也曾在匈奴的铁蹄践踏下忍辱负重。

勾注山一带一直是宋辽两国的分界线，双方对峙的前沿。雁门关成了关乎大宋朝安危的咽喉要塞。在整个北宋几百年的历史中，雁门关的上空始终飘荡着浓浓的狼烟。

戊戌年的深秋时节，我站在杨家将当年戍边征战的地方，在猎猎风雪之中，那响彻夜空的铿锵有力的锣鼓梆子又如约而来，宋辽两军的厮杀喊叫声清晰如雷——

时间回溯到公元980年，在雁门关的北口，"无敌将军"杨业面对辽国耶律贤十万精锐骑兵的强势进攻，沉着应对，他率领精锐部队突然袭击，出奇制胜。没想到两年后，不甘失败的辽军，再次兵分三路大举入侵。杨业又率大军出关迎敌，杨家将个个骁勇善战，势如破竹。辽军再次溃败。

到了宋真宗咸平年间，契丹主辽圣宗耶律隆绪下令伐宋，萧太后亲自督战。很快遂城被围，契丹正集中优势兵力发起猛攻。危急时刻，大将杨延昭发动将士汲水灌到城外。当时正值十月寒冬，一夜之间，遂城变为冰城。滑溜溜的根本不能攀登。契丹无可奈何，只好撤退。而杨延昭此时却乘机出击，大败敌军。此后，辽兵只要一提起杨六郎的名字，便惊恐万状。

杨业，杨延昭，佘太君，穆桂英……一个个熟悉亲切的人物从热闹的舞台上走来。这些熠熠闪亮的名字，鲜活着那段跌宕起浮的历史。在北宋大大小小的战争中，杨家将没有缺席。然而，让人不解的是，宋朝已拥有雁门关如此规模的防线，国防理应固若金汤。可让人遗憾的是，宋王朝终究未能逃脱覆亡的命运。

宋太宗花了十一年的时间，前后两次北伐，试图收复五代时被辽占领的燕云州县，但最终却大败而归。宋太宗不知是因为北伐受挫而心有余悸，还是特别想要坐稳自己屁股下的龙椅，自此以后，宋逐渐放弃了收复燕云的企图，幻想以岁输银绢、增加岁币等妥协退让的办法来求得边境的安宁，换得苟安。

铮铮铁骨顿然消失。没了骨头的躯体，自然就要忍受别人的欺负凌辱。即使忍辱负重，那也不过是秋后的蚂蚱了。

一味苟安只能助长金人贪得无厌的胃口，最终换来的只能是金人肆无忌惮的侵略。靖康二年（1127年），北宋王朝在金人隆隆的马蹄声中黯然退出了中国的历史舞台。宋徽宗、宋钦宗，以及宋朝宗室3000余人，在金人马鞭的抽打下，缓缓走出雁门关。那一天，正下着小雨，蒙蒙的秋雨将杨业修建的十八隘淋得是那样悲凉。这两个历史上最窝囊的皇帝，不知在看到飘扬的金国国旗时会有何感想。

自春秋始，中国文化一直崇尚"刚健有为"的精神，这种精神既要有能对抗外部压力的能力，还要有能自如对付来自本身弱点的能力。然而，到了南宋，既不愿意对抗金人的强掳豪夺，又不能解决自身内部矛盾。自此，民族精神渐渐为之内敛、萎缩，直至消失。

至于明朝，前期国力雄厚，海外贸易一度发达，经济得以繁荣。但到了中后期，气度却愈来愈小，终因闭关自守而日益衰败，从此失去了领先于世界的历史机遇，被欧洲迎头赶上并超越。有人说明代属于无明君、无贤臣、无良将的"三无"时代，虽然言辞略显偏颇，但也指出了这个时代的弊病所在。明朝初期，理学被推向了至尊位置，朝廷实行八股取士，程朱理学便成了封建政治教条，从而也失去了进一步发展的余地。与此同时，这个时代也失去了一种自我救赎的能力。

此刻，不知怎的，我特别怀念大汉王朝。一句"犯我强汉者，虽远必诛"，仅九个字，却铁骨铮铮，这是何等的自信和豪迈？而今，不论个人，还是民族，比任何时候都更渴望如此强健的民族精神。

五

抬眼望去，风雪裹挟下的雁门关，仿佛在倾诉着远逝的昨与是非。名将早已作古，有些东西，我们也只能从典籍中去寻求只鳞片爪。也许因为一座码头的开通，一座高速公路的修建，曾经历史上无限荣耀风光的雄关，有的被夷为平地无迹可寻，有的只能成为旅游者寻访的对象。昔日的胜景不再，驼铃叮当、商帮结队的情景也不复存在，漫长岁月的侵蚀，仅剩下几截坍塌的残垣断壁，也只有风卷流沙来凭吊了。

"雁门关外野人家，不植桑榆不种麻。百里并无梨枣树，三春哪得桃杏花。六月雨过山头雪，狂风遍地起黄沙。"然而，雁门关的历史并未因此而寂寞，那条穿越雁门的千年古道，除了属于狼烟滚滚的铁血战争，还曾是昭君出塞之路，文姬归汉时走的也是这条路。明清时晋商汇通欧亚、蒙藏人朝圣五台山时，都是从这里经过。破关南下，越关反攻，开关互市，闭关自守，出关和亲，入关朝圣，在这样抑扬消长中，中华民族不断交融团结、统一壮大。

有一位西方哲人说过，战争是一个民族自我淘汰的过程。没有一个民族喜欢战争，但每个民族遭遇战争的时候，都会把它作为对自我的考验和挑战。在漫长的人类历史上，有的民族无法应对残酷的战争，在异族入侵的压力下灭亡；有的民族则在战争的血与火中洗掉自身的污垢，像凤凰涅槃一样获得了重生。

近代中国是苦难的中国。列强入侵，清政府无能，被迫签订了无数的不平等条约，领土被瓜分豆剖，蚕食鲸吞，中华民族经历了世所罕见的灾难。面对亡国灭种的危机——林则徐、魏源等开眼看世界，倡导"师夷长技以制夷"；曾国藩、李鸿章、左宗棠、张之洞等发起"自强求富"的洋务运动；康有为、梁启超等人推动了维新变法，直到辛亥革命的爆发。众多仁人志士对国家命运与民族前途不断进行着思考和探索，从未敢有所懈怠。五四运动推动了中国历史的进步，但五四运动的任务还将继续，只是如今的具体内容也早已不同于百年前。

中华民族文化的伟大复兴，不仅需要对优秀传统文化的继承，更需要有深刻的自我反思和强劲的创新能力。我们一直在寻找民族文化伟大复兴的良药——佛教提供了些许精神的灵感，阳明心学尚未被发扬光大，新儒学还需自我完善与创新，西方那套也并不完全适合。我们还须回过头，追根溯源，从优秀的传统文化中汲取前行的动力。

一个民族文化的经脉，才是隐藏着这个民族生生不息的密码所在。

如今，雁门关早已失去了最初的防御作用——不论是万里长城最西端的嘉峪关，还是最东端的山海关，也早已卸下了抵御外侮的使命。几千年来，无数雄关抗击外族侵略的顽强与坚韧，已给中华民族精神注入了一种别样的经脉。这股刚健有力的经脉，就是雄关精神，御敌精神，敢于亮剑的精神。民族兴旺发达时，它推波助澜；民族衰败危难时，它便成为无数仁人志士英勇奋斗的精神支柱——宗泽、岳飞、辛弃疾、文天祥、史可法、张煌言、黄大年、钟南山，他们或用慷慨捐躯的行动，或用悲壮的诗文，召唤着至大至刚的浩然之气；王夫之、顾炎武、黄宗羲、朱之瑜，他们用哲学的反思和身体力行，高扬刚健有为的精神。

他们，被称为民族的脊梁；他们，为中华民族筑起一道坚不可摧的雄关。他们的身后,有无数前仆后继的勇者,始终跋涉在中华民族复兴的路上。

　　远望,勾注山苍茫辽远,风雪依然强劲如刀,雁门关巍然耸立于辽阔的天际。李牧、蒙恬、卫青、霍去病、季广常、薛仁贵、杨业……一个个被历史所铭记或遗忘的名字,在这片土地的深处,还遗留着他们的气息——关于一处雄关和无数英雄的故事。虽然时光流逝,但只须一回头,就会看见那些傲然挺立的身影,目光如炬。

走出地坑院

对于地坑式窑洞,我一直抱有浓厚的兴趣。

这种地下窑洞,既保持着北方传统四合院的格局,又具有陕北窑洞的特点,它融合了两者的优点,便形成了舒适的地下庭院——地坑院。

如果说北京的四合院体现了中国传统文化"天圆地方"的哲学思想,陕北的窑洞是"天人合一"观念的产物,那么坐落在中原黄土高原地带的地坑院又隐含一种什么样的人生思考?它在中国传统文化中的地位和意义又是什么呢?

一

车子翻过了一道山梁,又闪过了一个崩岭,条条沟壑在高原上纵横交错,顺着坡势向远处绵延起伏。走了好半天,也难得遇见一两个行人,给这旷远的黄土高原平添了些许寂寥。2012年的初春,我们要去探寻的地方便是河南省陕县庙上村的地坑院。

眼前的庙上村一片空旷，树木掩映间，只依稀听到人言碎语，却不见村舍房屋。循声我朝下望去，脚下就是一座地坑院。原来这是从平地凿土向下，挖一个方形大坑，作为院子。然后在坑的四面墙壁上挖洞而成。每面墙多则三孔窑洞，少则一孔。站在上面看，是一个地坑，也是一个天井，所以地坑院也叫天井窑院。

一条曲坡小径，正是进出地坑院的通道。这是一条用砖石铺成的小石阶，我顺坡往下走去，过了一道院门，便来到了地坑院。午后的阳光煦暖而不张扬，虽是正午做饭时间，却很少听到人声，周围一片静谧，静谧得如一方远离尘嚣的世外桃源。

我环视四周，每孔窑都有两三扇窗户，门窗的装饰古朴典雅，木头做成的窗格，贴着窗花，门的下边画着各种图案。听同行的人讲，这几眼窑的居住都是很有讲究的。按人口的辈分和用途，依照传统的八卦方位，有主窑、客窑、厨窑、茅厕窑等。面南的窑洞为上，和中国官衙建筑面向是一致的，这是长辈的居室。东厢窑为厨房、库房，西厢窑为儿孙辈的住房，南面的上孔为门道、水窖，下孔为厕所和牲口圈，整体看来，就是一座四合院的布局。同一个院内，数孔窑洞，可住上几代人。朴实无华的地坑院，体现了中国封建制度的家庭礼制与尊卑关系，承载着儒家的文化气息。

地坑院凹在下面，那生活排水如何解决呢？听旁边一个人解释，地面上排水，就是在地坑院的上部边沿砌起一米左右的墙，叫拦马墙，可防止雨水灌入，也可防人畜失足落入院内。而院子内的雨水，则是在院内四周走道的中间，向下挖一个浅坑，再在偏角挖一个窨井，让雨水排进去，慢慢渗入地下，还可供牲畜饮用。人的饮水，则是在门洞窑旁挖一个侧窑，向下打井取水。或者利用通道将地面上的雨水引入蓄水窑。在这干旱的黄土高原上，这种完整自足的排水系统解决了人们的生命之源，体现了建筑的巧妙与智慧。

简单而古朴的家什，在窑洞里静默着。窑洞一进门靠窗的一边是用土坯垒成的土炕，上面铺着粗布床单，油漆的木箱和柜子上，漆印的花有些暗淡剥落……穿梭在五座独立而相通的地坑院中，大致相同的结构，差不多的生活家什，身处其中，犹能想象当年人们在其中生活的情景。

晨曦微露，公鸡开始了第一声啼叫，这小小的一方地坑院也渐次有了响动："吱呀"的开门声，"唰唰"的扫地声，"噗噗"的烧火声，"什么时候了，还不起床啊，太阳都晒着屁股了！"大人提高八度的嗓门喊着还在赖床的孩子……然而在这个时候，站在院子里是根本看不见太阳的，能看到的永远都是那四四方方的一块天空。村子的上空，袅袅升起一缕缕淡淡的炊烟，晕染着稀疏的树木与沉静的旭日，给这村子平添了许多生动。

早饭毕，人们把牛牵出了窑洞，架子车紧跟在后面，顺着地道，走出窑院，继续在他们赖以生存的土地上耕耘着希望。等到傍晚，收晌了，村子里暂时的喧嚣也渐渐归于宁静。就这样，黄土高原土窑里的人们与黄土相依相偎，白天，他们在土地上辛勤地耕耘着生活的希冀；晚上，又在大地的深处安享着一份恬静。

忙碌了多半年，最让人惬意的日子莫过于冬日的蛰伏了。没了农事的繁忙，家人在温暖的土窑中守着时光。就是有太阳的时候，人们也懒得走出窑院到上面晒晒。搬把椅子，在四四方方的窑院中，攥着太阳，早上靠在西墙根儿，晌午一过就又搬到东墙根儿。一天天、一年年地过来。这片黄土高原上的人们就这样守着土地，守望着田园，顺应着天命，企盼着年年风调雨顺。

对于土地，人们始终是怀着近乎虔诚的心态的。一年四季，春夏秋冬，风来雨去，日晒汗浸，一日复一日，一年又一年。一户人家，只要一个人或几个人，再加上一头牛，就可从春耕到夏忙再到秋收。人们守着这片土地，不管贫瘠还是肥沃，从不抱怨，从未离开，一路走来，生生不息。就这样，农耕生活从时光中一天天地从容走来，走着走着，就走成了一部辉煌的中华民族的农耕文明。

杂物窑里，挂着几把锈迹斑斑的锄头和镰刀，两三辆破旧的纺车上还挂着线头，一架佝偻着身躯的织布机，半匹棉布在凌乱地挂着。再朝后面走，是囤粮的地方，几张竹席围成的一个圆圆的却空荡荡的粮囤，旁边是一字摆放的几个大小不一的量斗……

这些曾经焕发过生命活力的农具器物,而今,被置放在这里,只用来供游人参观了。只是,有些人来到这里大多只会用充满疑问与好奇的目光打量着它们。在日益浮躁的今天,这些传统农事已距离都市生活很远了。

如此院落,生活设施一应俱全,寻常日子里,柴米油盐、吃喝拉撒、春种秋收、婚丧嫁娶、迎来送往、繁衍生息等,有此一院足矣。这凹在地下的窑洞,一个个聚集起来,就是一个地坑院村子了。广则星罗棋布,蔚为壮观;小则曲径通幽,一院一世界。

我走进一座座地坑院,看着这种古拙、朴实、深厚的建筑,抚摸着刻满岁月褶皱的黄土塬壁,这一孔孔窑洞,就如历史老人那深邃的目光,沉默不语。先秦《击壤歌》有云:"日出而作,日入而息。凿井而饮,耕田而食。"描述了这样乡村间人们的农耕生活。谁知这首歌,一唱就是几千年,恰如一部厚重磅礴的歌诀从远古吟咏而来。它总是给人以希望而不是绝望,深深植根于黄土之中,给生着活着的人们以持久的温暖与力量。

二

行走在地坑院中,穿过一条条地道,又走过一孔孔窑洞,我感到一阵阵寒意袭来。初春的窑院中,微暖的阳光是穿透不了这一方厚实的黄土的。

庙上村的地坑院有二百多年的历史,地坑院长期存在并被延续使用至今,这不能不让人为之感叹。这其中也自有它的道理,比如它因地制宜就地取材,既有防风隔音冬暖夏凉的功效,又经久耐用抗压防震。黄土高原是旱塬,地下水位一般都在百米以下,当地居民便将雨水收入水窖作为人畜饮用的水,这是面对恶劣自然环境的一种生存方式;更为重要的考虑是为了避难,当时社会动乱不安,地坑院则成了一种更为隐蔽的居住方式。

自然环境与社会因素迫使人们如此智慧地生活图存。20世纪一位叫鲁道夫斯基的德国人考察了陕县的地坑院后,在他的《没有建筑师的建筑》一书中,称地坑院为人间奇迹,称这种窑洞式建筑是"大胆的创作,洗练的手法,抽象的语言,严密的造型"。地坑院,成了中华民族漫长发展史中刻在黄土大地上的一个深深的印记。

地坑院静静地凹在黄土高原上。黄土高原土质结构十分紧密,这不仅为中华民族的繁衍发展提供了种植农作物的丰厚土壤,还解决了农耕人民的居住问题。陕县有东凡塬、张村塬和张汴塬三大塬区,并且在此周围还发现了仰韶文化遗址。而仰韶文化时期,正是人类穴居文化的成熟阶段。从文献记载中,我们也可以寻找到窑洞地坑院的渊源。《黄帝内经·素问》中记载:"往古之人居禽兽之间,动作以避寒,阴居以避暑。"《易·系辞下传》中记载:"上古穴居而野处,后世圣人易之以宫室。"《墨子·辞过》中记载:"古之民,未知为宫室时,就陵阜而居,穴而处。"由此可以看出,陕县的地坑院,无疑是人类穴居文明时代的延续。

在窑洞里待得久了,我感到一种莫名的压抑。这里未免太沉寂了些,沉寂得总让人觉得缺少了点什么。窑洞里,除了一两方小小的窗户,其他全是厚厚的土壁,视觉与听觉被土壁生硬地隔断了。有些剥落的墙壁仿若神秘的目光,让人瞬间跌落到一个深邃的遥远。穹窿似的窑顶从上面紧逼而下,令人压抑甚至有种近乎窒息的感觉。

急忙出了窑洞,我抬头望望上方,也只能望见小小的一方天空,这方多少年来一成不变的天空。我试图看到更远更蓝的天空,但院子上方边沿的拦马墙无情地切断了我的视线。我有一种井底之蛙的感觉,很强烈。

在这一方小小的地坑院,人们聚族而居,男耕女织,吃苦耐劳,精耕细作,自给自足,自得其乐。这样的农耕生活,使人们的目光整天囿于头顶那么一小片的天空,春夏秋冬中只关注着自己的"一亩三分地"的收成,渐渐满足于——"二亩地,一头牛,老婆孩子热炕头"的生存需要。然而,这种农耕生活长期积淀在人们思想意识深处的狭隘、保守等特质,无形地禁锢了人们的思想,也局限着他们的眼界。

想起地坑院严谨的布局,精巧的构思,隐秘的地形,这些无一自觉不自觉地体现了他们思想深处内敛保守意识的根深蒂固。可以这样说,地坑院的存在在一定程度上,其实就是一种农耕文化内敛思想发展到极致的表现,这在历史的发展中无形地禁锢了人们前进的脚步。

连在一起的五座地坑院犹如迷宫一样,我们穿梭其中,半天才找到出口。霎时,眼前豁然开朗。放眼眺望,远处的高塬紧依着天边不断向远处蔓延,春风轻拂,田野里弥漫着初春的气息,驱散了窑院里的寒意。

走出地坑院,沿着村子北边的小路往回拐,路两旁有十几座地坑院,但大多都已废弃。有一座地坑院已成为圈养牲畜的院子。站在拦马墙边,望见院子里一棵几乎枯死的树上系着一头牛。那头牛一听到上面的响动,就抬起头来朝上面望了望,目光里流露出落寞,随之又昂起头朝天空"哞——"地长叫了几声。

荒乱的杂草疯长着,斑驳的墙皮早已剥落,倒塌的窗棂,还依然在坚持着往昔生活的痕迹。地坑院,建筑艺术里的鲜活标本,在时间的长河中,就这样被风化、遗弃,直至消失。

三

听朋友说,20世纪90年代以前,庙上村的村民还安居于此,终老于此。随着两三户人家搬出地坑院,整个村庄就开始"蠢蠢欲动"。终于在20世纪末,形成了搬离高潮,如今仍然居住在地坑院里的,基本上都是老年人和无力在地面上建造新房子的人。

尤其是年轻人，电视网络的普及，使他们对外面的世界有了更多的了解，他们大多不愿意住地坑院，他们说每天一到下午整个院内灰暗暗的，手机网络信号不好，通风也很差。拖拉机和汽车都无法开进地坑院内，非常不方便。如果还住着地坑院，将来娶媳妇都是非常困难的。那现在陕县的地坑院每年消失的多吧？当然了，现在整个陕县境内，每年都有数百座这样的院落消失。朋友感叹道。

黄河孕育了华夏文明，而地坑院则是黄河两岸先民们繁衍生息的温床。如今，这种内敛保守的生活方式，在现代文明的强大冲击下，正面临着尴尬的生存挣扎。这恐怕也是历史发展的一种必然了。想到此，心头的遗憾在不经意间已渐行渐远。

路过一座还不算破败的地坑院，我们正揣测着这里有没有人住的时候，从窑洞里走出一个二十多岁的姑娘，她或许是听到了响动，才推开门出来看看的。她瞟了我们几眼，便转过身进窑，随手关上了门。或许是她早习以为常了，这里经常来人参观地坑院的。也或许是她根本不屑于头顶上面的这个世界了。我在心里，默默地为这个姑娘祝福着。

向北望去，是一座座矗立在地面上的砖瓦房子。这些就是搬出地坑院的人家。几个孩子正骑着自行车在追逐玩耍着，几个老人靠着墙根儿吸着旱烟在聊天晒太阳呢。村子西边角落里的水池旁，两个中年妇女正在洗衣服。几辆小车缓缓驶进村子的巷道，扬起一阵烟尘。两个妇女回头看了看，嘴里不知嘟囔着什么，目光中流露出更多的是羡慕的神情。

这就是我想象中的村子应该有的景象。出了门，与邻居招呼问个好。做饭的时候缺盐少醋了，只要朝院墙那边招呼一声，就会有人来"救急"。农闲时，饭后茶余，妇女们坐在门墩上纳着鞋垫，说笑着，东家长西家短的……这所有的一切就如村子的一禽一张的气息，让村子充满着生气，村子也焕发着鲜活的生命力。

地坑院是黄土高原地域独具特色的一种民居，也是人类穴居发展演变中的实物见证，蕴含着丰富的文化内涵，在农耕文明的发展过程中，曾经推动过历史的进程，它昭示着人们在自然灾难面前的一种自我保护和智慧的生存，可以说，没有古老的保守就没有开放的未来。

今天，面对着工业文明的发展与冲击，古老的地坑院发生的沧桑巨变，渐渐离我们而去，这是必然的历史趋势。而抢救保护地坑院，是有其重要意义的，是对古老文明的一种纪念，更是对未来文明的一种召唤。

走出地坑院，需要一种勇气，它不仅是一种形体上的空间转移和视野上的自我拓展，更是一种意识上的自我解放。走出地坑院，人们的生活视线才不会长期囿于一个自我封闭的狭小空间里，才会真正与整个大地的脉搏一起跳动，真切地感受着时代的气息，与时代的发展同步。

走在地坑院的上面，我们走在了一个豁然开朗的世界，心头那份压抑窒息的感觉早已消散得无影踪了。

我们驱车径直离去。

（原载《北方文学》2014年9月上旬刊）

一路向西

一

不知为什么,每当写到村子,村前的沟壑就会自然而然地浮现在眼前,好像沟壑与村子冥冥之中有着某种隐秘的关联。

我的村子雄踞在黄土高原上,北临黄河,东面和西面都是驰骋纵横的高原丘陵,南面被一道深深的沟壑挡住了去路。如果从高空俯瞰的话,村子就像座孤岛。很多年前,就听爷爷说过村子搬迁的原因,当时土匪比较多,族人就商议,把村子搬到这土塬上。沟壑横亘在村前,犹如一道自然屏障保护着村子。

村子搬到了土塬,挡住了土匪,子孙后辈的吃水和交通却成了生活中最大的难题。想想也是,无论何时,能好好活着才是生命中的第一要事。村里人吃水,要一担担地从沟底的机井里挑上来。出村,则要翻越沟壑或绕很远的路,才能通到大路边。沿着沟里的曲折小路，慢慢下坡，穿过半腰中连接两边山崖窄窄的土路，缓缓上坡，才能翻到沟的对面。在沟壑的最底部，有条东西走向的路，早已被一人多高的荒草淹没，辨别不出任何踪迹。

从小就听村里的老人讲，这条沟虽然荒废了，但在很早以前，沟底的路上，有位神仙老人倒骑着青牛，从这里经过。正好当地闹瘟疫，神仙老人就把自己的牛宰了，取出牛黄，制成药粒，散发给大家，瘟疫才得以消灭。这位老人的身旁总是围绕着一团紫气——这是祥瑞之兆。

许多时候，和小伙伴一起在沟底割猪草。沟底的草疯长，深密茂盛，一会儿就能割上一大筐。然后，我们就在山坡上捉迷藏，藏在一人多高的蒿草中，极为隐蔽。此时，我总会臆想，那个神仙老人会不会藏在里面，会不会突然出现？然而，想归想，我是一次也没有见过这位神仙老人的。

在很长时间里，我都不知道，沟底这条不显眼的小路，竟是一条千年古道，属于古代丝绸之路的一段。古道两边高崖峭壁，蜿蜒于丘陵高原之间，犹如汩汩流淌的动脉，连接着两座古老的城市——西接长安，东连洛阳。

春秋战国，战乱纷飞，这条古道成了军事要道，往来不绝的马车，把一车车军需物资送到战场。秦国大军的铁蹄曾疾驰而过，于函谷关血战六国联军，一统天下。汉唐时代，古道更为繁忙，长长的商队，驮着丝绸、瓷器等姗姗西行；西域各国的驼队也纷纷沿着丝绸之路，会聚前来，络绎不绝……几千年来，这条古道一直促进着两座城市政治、经济和文化的交流与发展。

相对于千年古道，沟底的小路显得有点脆弱，几场暴雨，黄土就会变得松软，土崖不知会在什么时候倒塌。就连轧得比较瓷实的路面，也会被水流拉出几道豁子，不得不重修改道。后来，高速修起来了，高铁的桥梁也架起来了，村里买车的人越来越多。人们一合议，干脆把沟底填平，后来费了好大的劲，才填出一条比较宽阔的路来。

古道虽被硬生生地截断，但高速高铁的畅通，让千年古道的气脉随之奔泻而出，一路向西。

二

时光应该追溯到2500多年前，东周时期的春秋末年。如若再具体一点的话，应该是公元前491年的某一天。

函谷关。关令尹喜正在关楼上举目远眺，善于观天象的他，发现东方有紫气升腾，知道必有祥瑞降临，他心中大喜。果然，一位老者倒骑青牛徐徐而来，皓首长髯，一派仙风道骨。尹喜知道，他就是自己正在等待的人。

此人就是被世人所尊崇的老子。老子是周王室的"守藏室之官"，相当于后来的"国家图书馆馆长"。老子看到天下战乱四起，不可救药，便辞官归隐，从都城洛阳一路西行，自然就来到了函谷关。

见老子决意归隐，关令尹喜便恳请其著书立说。老子梳理平生所思所悟，洋洋洒洒写下五千言的《道德经》后，便倒骑着青牛出关，从此杳无音讯。他在古道上踽踽西行，留给后人的除了那部经典外，就是那一抹渐渐湮没在夕阳中的背影。

老子骑着青牛出关后，到底去了哪里？对此，后人众说纷纭，莫衷一是。有人曾搜集大量史料，探寻老子出关的具体行踪，有说老子出关后，过散关，入甘肃，经游天水、陇西、临洮、兰州等地，最后落户到临洮"飞升"。还有人认为，老子著下《道德经》后，与关令尹喜相伴西行，这是老子事业的开始。

但是，不管哪种说法，其中有一点是肯定的，那就是老子出关后，是一路向西。在西边，一定有老子心仪的地方。天下战乱纷起，归隐才是最好的选择。老子倾尽毕生所学，著完千年经典，坦然做出了人生中最后的选择。这一切，他没有告诉任何人——他只不过是想寻得一隅之地，安静修行，不想受外界干扰而已。后来，据《史记》记载，老子出关后"莫知其所终"，至今仍是千古之谜。

沿着函谷古道西行，不到十几里，古道便会戛然而止。如今，自然的变迁，加上现代设施的修建，早已破坏了原来古道的走势与地形。

从函谷关西行，隐藏在豫西丘陵山间的千年古道，穿过险峻的重重沟壑，一直通到潼关直至长安。从函谷关向东，过陕州城、磁钟、张茅、硖石、观音堂入渑池，经义马、新安，顺谷水可达洛阳，其中陕州这段为崤函古道最为险峻的一段。

三

站在陕县车壕村附近的山坡上远望，巍巍崤山耸立。近看，一片片庄稼繁密茂盛，在草木的掩映下，一条裸露着石脊的古道赫然映入眼帘。这就是崤函古道。

清晰可辨，历史的车轮曾从这里碾轧。石灰岩的路面上，两道深深的车辙印迹，一个个马蹄形的石坑，还有简陋的蓄水设施……这里，车马走过，军队走过，商旅走过。恍惚间，被时光凝固尘封的车轮声、马嘶声稀里哗啦地从车壕里蜂拥而至，与如削的壕堑，深深的辙印混杂在一起——历史与现实瞬间在时空中颠倒错乱。

黄河由龙门峡谷奔腾而来，一路向南倾泻而下。行至风陵渡时，在此南边遇到秦岭的阻挡，北面则是中条山脉的堵截，黄河在此不得不拐了个弯，滔滔东去。黄河南岸，丘陵狭窄修长，其间，沟壑幽深，正好成为一条天然的交通要道。古道便也顺其自然地形成。这里西有关中平原，东有河洛平原，北有晋南平原，曾是中华文明发源的核心地区，至少从新石器文化中期到宋代之间的四千多年间，都是中国政治、文化和经济中心。

高原丘陵之中，古道迂回曲折，蜿蜒往来，其间险象环生。唐太宗李世民曾叹道："崤山称地险，襟带壮两京。"如今，途经310国道硖石段时，仍山峰林立，道路险峻。这里，多少个白昼黑夜，金戈铁马疾驰而过，留下点点碎星；多少个晨钟暮鼓，商旅长队缓缓而行，送来驼铃声声。

古代称洛阳至潼关这段路为崤函古道，它南临崤山，北近黄河，扼洛阳与长安之间东西交通之咽喉，是古代丝绸之路的必经之地，史称"两京锁钥"，更是豫、秦、晋三个文明核心区之间交流的见证。如今，它已是世界物质文化遗产丝绸之路上唯一一条道路遗存。

苍穹之下，崤山壁立，黄河奔腾，一条古道起伏蜿蜒其间。突然，一阵风从山梁掠过。

崤函古道上的历史尘烟犹未落尽。

四

从郑州坐高铁，一路向西，历洛阳，经函谷关，过潼关，最后抵达西安。

西汉时，张骞的"凿空之旅"就是从这里起步，一路向西，穿过亚洲，到达欧洲，走向世界。

站在古代丝绸之路的起点西安，浓厚的文化气息，不由分说地迎面扑来。

历史有时就是这样巧合，中原刚统一不久，北方的草原就统一了。匈奴帝国和秦汉帝国几乎同时产生。而汉朝最大的敌人就是匈奴。汉武帝时，已经有实力和匈奴放手一搏了。

在战争爆发前五年，也就是公元前139年，汉武帝深谋远虑，布下了一手伏棋。然而，他怎么也不会想到，自己不经意的一个决定却意外导致了历史上伟大丝绸之路的诞生。

一个偶然机会，汉武帝得知，以前有个叫月氏的强大部落，被匈奴击败，单于杀了月氏王。月氏战败后逃到西方，重新建立了国家。月氏人一直仇恨匈奴，想要杀回去报复，但是苦于没有盟友，一直未能如愿。于是，汉武帝决定派遣一批使节联系月氏，结成联盟，共同夹击匈奴。

沙漠、雪山、绿洲，时而长风漫卷、飞沙走石，时而万里长空、寂静无声。要想越过西域七千多公里流沙与荒漠，绝非易事——横越西域，既要有外交家的辩舌，又要有探险家的胆魄。就在这个时候，张骞登上了历史舞台。

公元前139年，张骞由匈奴人堂邑父做向导，率领一百多人，浩浩荡荡从陇西冒险西行。行程的艰难可想而知——既要躲避野兽出没，又要提防匈奴的明攻暗袭。然而，即便如此小心，他们还是与匈奴军队遭遇。

张骞和堂邑父被俘后，匈奴对他们严加看管，让他们去放羊牧马，并让张骞娶了匈奴女子为妻，监视并诱使他投降。被软禁的张骞虽度日如年，却从来没有忘记自己的使命。

张骞整整等待了十一个春秋。终于,一个月黑之夜,张骞趁匈奴人不备,逃离了匈奴,经过一番跋涉,来到了大月氏。然而,此时早已非彼时,大月氏并没有听从张骞的提议。张骞始终得不到明确答复,只好离开大月氏,回国复命。

从出发到返回,时间已经过去了十三年。汉武帝怎么也没有想到张骞和堂邑父能活着回来。这次虽然没能和大月氏结盟,但它却是整个汉朝最伟大的一次外交活动。因为,这次出使,张骞把一个词带到了汉武帝的面前——这个词就叫"天下"。

公元前121年,汉朝从匈奴手里夺取了河西走廊,打开了通往西域的大门。两年后,张骞再次出使西域。这次,他带着三百多名随员和数量巨大的财物,来到乌孙、大宛、康居、月氏、大夏等国,与这些西域国家正式确立了外交关系。这次出使被司马迁称为"凿空西域"。

从此,成百上千的汉朝人沿着张骞开辟的道路,蜂拥到西域。使节的后面,是成群的商队。中国的丝、绸、绫、缎、绢等丝制品,源源不断地运向中亚和欧洲,苜蓿、石榴、葡萄等,也经由这条道路传入中国。希腊、罗马人称中国人为赛里斯人。"赛里斯"即"丝绸"之意。"丝绸之路"也因此得名。

汉武帝晚期,社会动荡,朝廷中止了继续开拓西域的战略。然而,幸运的是,丝绸之路并没有因此而中断。这条古代互通有无的商贸大道，已成为亚欧大陆的交通动脉。虽然政治风云变幻不定，但经济和文化的需求一旦确立，就会长久得多。丝绸之路由帝国的外交战略而创始，但它活得更久——等匈奴灭亡了，等汉朝倾覆了，甚至等它最大的客户罗马帝国也崩溃了，丝绸之路还在活跃着。瓷器和丝绸、黄金和琥珀、僧侣与经卷在这条道路上奔流不息，它们把一个个遥远的国家联结为一个更宏大的存在：天下。

五

古城西安，华灯初上。曲江岸边，霓虹闪烁，一片歌舞喧天，灯光点缀的紫云楼，在夜色中金碧辉煌，气势恢宏——千年盛唐的繁华恍然浮现在眼前。

大唐芙蓉园。紫云楼前的湖面，音乐、喷泉、激光，在水幕上流动；火焰、水雷、水雾，于夜空中绽放。大唐追梦，如诗如歌，如梦如幻，流光溢彩的灯光，绚烂华丽的服饰，恢宏悠扬的音乐，妩媚多姿的舞女，盛唐的大气、雄浑、璀璨跃然于眼前。

"市井平常事，最是热闹处。"到了西安，就不能不去回民小吃街转转。正是三伏天，热浪如潮，街上依然是人群熙攘。我们一行人只能裹在人流中朝前慢慢挪步。两旁的店铺，灯光通明，热气腾腾，招揽顾客的声音，此起彼伏，各种各样的香气诱惑着人的脾胃。

梦回大唐！一千多年前，这个朝代的建立，注定要给璀璨的中华文明留下浓墨重彩的一笔。世界第一个超过百万人口的超级城市——长安，举世瞩目。它的繁荣、富足和开放，让丝绸之路更为活跃繁忙，来自欧亚大陆的各国客商，不远万里，长途跋涉，度过玉门关，来到长安。"九天阊阖开宫殿，万国衣冠拜冕旒"一度成为盛世佳话。

唐代丝绸之路的繁荣达到了鼎盛。丝路商贸活动，让人们在物质上获得极大的富足——从家畜、野兽、皮毛、植物、香料、颜料到金银珠宝、矿石金属，从器具牙角到武器、书籍、乐器，应有尽有，一霎时成了唐人高门大户的消费时尚。

一时间，帝王皇族带头，豪绅阔户争相仿效，庶民百姓也以把玩异域奇物为能。美国学者谢弗说："七世纪（中国）是一个崇尚外来物品的时代，当时追求各种各样的外国奢侈品和奇珍异宝的风气开始从宫廷中传播开来，从而广泛地流行于一般的城市居民阶层之中。"丝路商贸交流的结果，无疑就是现代经济学所表述的"经济互补，实现双赢"的智慧。

唐代文化史上，还发生了一件妇孺皆知的大事。洛阳人玄奘沿着丝绸之路，历时十九年到印度求取真经。玄奘精通梵文，他所翻译的佛经更为准确和浅显易懂，他还把我国的哲学著作《道德经》译成梵文。印度失传的珍贵文化遗产《大乘起信论》，就是因他的重译而保存了下来。在玄奘的努力下，佛教文化越来越兴盛。

任何一个民族的文化，都是一条川流不息的长河。台湾学者许倬云曾概括大唐文化的特点："包容之量，消化之功。"对外来文化，唯有以宽容的心态去汲取消化，自身才会不断繁荣壮大。圣贤老子有云："万物归焉而不为主，可名为大。以其终不自为大，故能成其大。"对于一个人，是如此；对于一个国家、一个民族，更是如此。

站在古丝绸之路的起点西安古城，现代气息与厚重文化交相辉映，沉睡千年的古城已焕发出动人的魅力。西安早已融入"一带一路"的大格局——中国（陕西）自由贸易试验区的建立，为这座古老的城市注入了无限活力。今年，这座城市被赋予建设亚欧合作交流国际化大都市、国家城市中心的重任。千年之后，长安又重现大唐之梦，再次让世人瞩目。

那条古老的丝绸之路还在，它还是中国与中亚、西亚乃至欧洲通商的重要通道，只不过现在已经铺上了铁轨，名叫亚欧大陆桥。如今，丝绸之路已被赋予更为多元而开放的精神内涵——和平、交流、理解、包容、合作、共赢。这笔巨大的精神财富，已成为醒目的文化符号，惊艳于世界。

（原载《延河·绿色文学》2019年第2期）

寻根铸鼎原

一种宿命的召唤,更是一种千丝万缕的牵绊,我踏上了灵宝市阳平镇的铸鼎原。

作为家乡人,最近几年我一直在他乡的土地上不停地跋涉寻找,我曾走访过远古的牧场,寂静的寺院,也曾漫步在苍凉的雄关漫道,沉醉于江南烟雨的风情……我在游历中找寻着历史文明的碎片,感受着这些碎片上所散发出的隐秘历史古韵和所承载的文化积蕴。而今天,我脚下的这块土地,这块积淀了厚重文化和充满神秘色彩的土地,竟是孕育了这些文明碎片的源头所在,竟是中华文明文化的发祥地,却一直被我冷落着,我只是仅知道名字而已。想到此,我内心的不安无可言喻。

铸鼎原是夹在荆山和黄河之间的一块富饶之地,西有关子沟,东有阳平沟,岗峦起伏,土地肥沃。它是中华文明始祖轩辕黄帝铸鼎祭天、奠定邦国、驭龙升天的圣地。《史记·封禅书》载:"帝采首山之铜,铸鼎于荆山下,鼎成崩焉……其臣左彻取衣冠几杖而庙祀之……"铸鼎原的名字便由此而来。

久违的先民，我来了。

座座高塬

车子穿过复古的角门，一座古建筑群便闯入视野，在眼前蔚然高耸，这就是灵宝市阳平镇的荆山黄帝陵了，我不觉肃然起敬。

黄帝陵四周苍柏郁郁葱葱，空荡寂静，庄严肃穆之中隐隐透露出几多苍凉。我沿着九十九个九点九米宽的台阶拾级而上。在中国传统文化中，数字"九"被赋予特殊的意义。《素文》中说："天地之数，始于一，终于九。"九为数之极，被称为"天数"。《史记》中说："禹收九牧之金，铸九鼎，象九洲。""九鼎"便成为传说中一个国家最重要的传国之宝，并留下了"一言九鼎"的成语。"九"又与"久"谐音，由此演化出"神圣"之意，受到历代帝王的青睐，他们常借用"九"字来象征他们的统治地久天长万世不变。在这里，人文始祖轩辕黄帝的祖庙，建筑中体现这点就不足为奇了。

台阶东边有一座碑亭，亭下放置着《轩辕黄帝铸鼎碑铭》碑一通，碑高两米多，宽将近一米，八字竖排，碑的两边饰有浮雕盘龙。该碑碑铭并序共一百三十七字，是唐虢州刺史王颜撰，华州刺史兼御史书，唐贞元十七年而立置。这是全国迄今发现的关于记载黄帝功绩的最早一通碑刻，它较之桥山皇帝碑铭还早八百年。这块碑一直守着铸鼎原，虽历经千年风雨的侵蚀，却依然巍然于此，它在无言的沉默中，见证了这里悠久而沧桑的历史。如今，它已成为研究黄帝文化的稀世珍品。

午后的阳光斜照在碑亭上，亭旁的松柏一一静默着，旁边干枯的芦花随风飘舞。周围是横卧在高原上的这么一簇那么一拥的村庄，慵懒安静地晒着阳光。苹果园子里，不甚寒冷的空气中，还弥留着淡淡的果香。秋日的黄土高原，显得更为空旷寂静。

我站在高原上遥望远方，祥瑞氤氲，气象万千。南边，是巍峨的秦岭，层峦叠嶂迷蒙在天色之中；北边，是滔滔的黄河，若一条涌动的黄练向东奔去，仿若铸鼎原的天然屏障；东西两面是座座连绵起伏的黄土塬，如滚滚江河，奔腾而来，又汹涌而去。深秋的黄土高原在阳光下裸露着坦荡的胸怀，条条沟壑丘陵漫延纵横，植被渐已消隐了生命的色彩，黄土的颜色主宰了这里的一切，无限沧桑在眼前铺陈开来。

在六七千年前，脚下这片广袤的黄土地还是湿润肥沃，雨量丰沛。它南依崇山峻岭，中间河源间列，为原始农业发展创造了较完备的条件。"草木榛榛，鹿豕狉狉"，森林茂密，植被丰富。背靠秦岭夸父山之惠，黄帝带着他的臣民得傍水之利，刀耕火种，劳作生息，捕鱼捉虾，狩猎采果，休养生息，逐渐超越了狩猎和采集经济阶段，进入以种植业为基本方式的农耕时代，形成了强大的部落。

大自然的恩惠是文明最初发展的催生剂。大约在一万八千年前，地球结束了冰河期，气候逐渐变得温暖潮湿。西亚和蒙古高原吹来的季风，遇到秦岭山脉的阻隔，风速减弱，黄土急剧下沉，年复一年地堆积在盆地中，渐渐覆盖了黄河中上游区域，便形成了我脚下这片广袤的黄土原，台阶层层叠叠，数百条山涧小溪从秦岭深山汇聚而出，沿着黄土台阶间的缝隙流向黄河。在黄土原的山前地带，日积月累，冲积出一条东西长七百多公里世界上最广袤的沃土地带。它大体以黄河中游的河南、山西和陕西交会处为中心，西到甘肃境内的渭河上游，东至新郑。黄沙黄土的堆积和河水泛滥的淤积，为农业的诞生和发展奠定了基础，更为黄河文化创造了一个温馨适宜的摇篮。

当世界各地大都还处在蒙昧状态时，我们的祖先就已在这片广阔肥沃的黄河两岸耕作生息，在劳作中创造着最初的文明。他们创造的灿烂悠久的彩陶文化，影响到东西南北逾千里之遥。从此，华夏民族摆脱野蛮愚昧的束缚，文明就从这里开始孕育发展。我不禁端详脚下的土地，平常得不能再平常的黄土地，五千年的时光，沧海桑田，可我依然能清晰地感觉到，当初孕育文明的艰辛与喜悦，诞生的艰难与繁衍的幸福，都一一在这片黄土地的深处沉默不语。我突然感觉自己的脚步好轻，好轻。

远古的先民如此智慧地选择生存的环境，固定的水源和沃土，为起码的生存生活创造了必要的条件，也为以后农业的发展提供了最适宜的条件。这与世界其他文明一样，文明的发源都是建立在容易生存的河川台地附近。在这一时期，西亚的两河流域、北非的尼罗河流域、南亚的印度河流域相继出现农业，动物驯养获得显著成就，人口迅速增长，文明的产生也在情理之中。

一位老家在铸鼎原的朋友告诉我，他发现铸鼎原的土质和别处的很不一样，残枝败叶埋在土里极易腐烂化土，而别处的却需要很长时间才能腐烂。所以，他专门回去挖上两袋泥土带回家，用这些土养花，花易生长且长势特好。听到此，我若有所思，只是微微一笑。

初秋的骄阳在铸鼎原的山水间蒸腾出一片淡淡的雾霭，脚下的泥土中，是华夏先民的村落。我踏访的脚步声，仿佛与祖先劳作的声音一一相闻。

开疆拓土

那个时代，部落间的交往不断扩大，已经形成了一些部落集团。这些部落集团为了寻找更多的生存环境，不断向四周迁徙发展，部落间也就形成了犬牙交错的分布局面，彼此间经济文化不断交流融合。但为了生存和发展，部落间又经常会发生矛盾冲突，征战不断。

阪泉之战是华夏民族内部第一场规模较大的战争。《史记·五帝本纪》中记述："炎帝欲侵陵诸侯，诸侯咸归轩辕。轩辕乃修德振兵，治五气，蓻五种，抚万民，度四方，教熊罴貔貅䝙虎，以与炎帝战于阪泉之野。"阪泉之战先后进行了三次，黄帝打败了炎帝部落，在黄帝的劝说和感召下，炎帝部落北迁归服黄帝，战争的胜利者和失败者成为一家，继续在我脚下这片黄土地上耕耘发展。从此，黄帝领导的部落集团逐步强大起来。

然而战争并没有结束，一场更大的考验已迫在眉睫。黄帝刚登上中央天帝大位，居住在黄河下游的九黎族首领蚩尤就率众西进来到涿鹿城下。九黎族是一个相当庞大的部族，他们英勇善战。首领蚩尤通晓天道，精明强干，长于战事，史书中把他描绘成超乎凡人的神明。凭着强大的武力，蚩尤不断向四邻扩张。黄河中游一个以榆罔为首领的部落在受到蚩尤侵扰后，遂向黄帝求援，于是便引发了涿鹿大战。

决战开始了。蚩尤大军势如破竹，黄帝主动向北撤退。就在此时，天气突变，刹那间，只见战场上天昏地暗，狂风大作，飞沙走石，让人晕头转向。黄帝见此，命令士兵吹响号角，击震鼙鼓，乘势向蚩尤发动反击。蚩尤部落遇此情况，众乱震悚。黄帝下令推出指南车，指南车在狂风中东拐西转，漫天风沙中冲出一条希望之路。最终，黄帝巧妙利用天时，果断进行反击，凭借智慧的战略战术一举取得了战争的主动权。

而蚩尤不肯就此罢休，就出动了他的特种部队——一个个青面獠牙、铜头铁臂、面目狰狞的士兵狂叫着杀来。黄帝见了，命令放出早已训练好的虎、豹、熊、罴等猛兽。这些猛兽一见蚩尤的那些装扮成野兽的士兵，以为见了同类，不由分说便扑上去猛咬起来。再凶悍的士兵也经不住猛兽的扑咬，一个个吓得抱头逃窜。黄帝趁机进攻，大军排山倒海般压来。蚩尤抵挡不住，节节败退……蚩尤尽管兵力雄厚，兵器优于黄帝，但连年对外扩张，已埋下了失败的种子。

上智伐谋，下智伐勇。"凡变之道，非益而损，非进而退，首变者凶。有义（仪）而义（仪）则不过，侍（待）表而望则不惑，案法而治则不乱。"（《黄帝经·称经》）黄帝在这场战争中能够做到上用天时，因天之杀以伐死。下用地利，因地之险置敌于绝境。中用人和，只杀蚩尤而不伤黎民。这些无不体现黄帝在军事方面具有非凡韬略。那时候，黄帝部落已经积累了相当丰富的战争经验。

涿鹿之战后，黄帝声威大振，得到中原各部族的拥戴，被诸侯尊为中原共主。涿鹿之战有力地奠定了黄帝部落据有中原地区的基础，并进一步融合了各氏族部落。

黄帝带领先民们修建房屋，耕作养息，在劳动实践中不断发明创造，社会生活展现出一个新的面貌。黄帝知人善任，善待下属，以仁德感召天下，华夏民族从此蓬勃发展。而蚩尤呢，性格暴烈，崇尚武力，又专断跋扈，如若涿鹿之战蚩尤获得胜利，那么华夏民族的历史将会重写，天下将是另外一种不可想象的情景。退一步讲，华夏民族在蚩尤的统领下，得到一定的发展，但暴政之下，恐怕也不能久矣。残暴统治就如空中楼阁，乍看起来辉煌夺目，但它失去了民心的根基，那么它的倒坍就成了历史的必然。华夏民族还能不能创造出如此优秀的文明文化，那就另当别论了。

战争是残酷的，充满了血腥和牺牲，但文明的进步就是在血与火的考验中涅槃

仰望气势恢宏依岭而建的古建筑，"荆山黄帝陵"烫金门额赫然在目。怀着一种朝圣的心情，我拾级而上，穿过大门，迎面是一字排开的天地人三尊大鼎，这三鼎分别代表着天仙、地神和祖宗。天鼎和地鼎上铸有代表天地万物的原始文字符号，人鼎上刻画着寄寓人之源的飞禽走兽和众人手舞足蹈的祭祀活动。面对着这三尊高大的天地人鼎，华夏文明的浓厚气息扑面而来。那简洁的画面和质朴的线条，寄寓了黄帝与先民们对大自然的敬畏与向往，更显示了那个时代他们创造的丰富而智慧的生活痕迹，文明的最初萌芽就是在这里萌动着力量，破土而出的。黄帝率领部落辛勤劳作，开疆拓土，创造出那个时代的物质文明和精神文明，实现了中华民族历史上第一次大融合。功成铸鼎，置于祖庙，象征了权力、尊严和江山稳固，象征了黄帝掌权合天意、地望与人心。鼎有多大，就能养活多少人；鼎有多高，就能蓄下多少水。问鼎中原，就是集权于天下，高原铸鼎，光芒四射，惠泽万世。

径直来到黄帝庙，只见庙内威武庄严的黄帝居中端坐，平视着前方，眉宇间透露着英气睿智，两旁站立着左彻、风后等几位大臣。这座黄帝庙，不知凝聚了多少海内外华夏子孙的心。每年，都有很多人来这里寻根祭祖。而今天，我来于此，也莫能例外。这片厚重的沃土，每一寸黄土之中，都浸透着先民们辛勤劳作而散发着缕缕汗腥的气息，浓烈而熟悉。我不禁热血澎湃，加快了脚下的步伐。

黄帝部落是一个智慧的部落，这在黄帝部落对待被征服的其他部落上展现了出来。在战胜了其他部落后，黄帝部落并没有对这些部落进行彻底的歼灭和残酷的镇压，而是平等相待，进行经济和文化上的同化融合。外族人民在黄帝仁义之德的感召下，纷纷前来朝贡，诸北、儋耳之国前来献上礼物，南夷族乘白鹿献上美酒，四方之外族人不断前来朝贡。就这样，黄帝部落与周边各民族进行碰撞、交流，众多非华夏族的融入就如汩汩的血液给华夏民族注入了崭新的活力，带来了我们中华民族历史的第一次民族大融合。是的，武力的征服并不能真正地征服一个部落，而文化上的征服则是一种精神的征服，一种彻底的征服。这与纯粹武力野蛮征服是不同的。

黄帝部落南征北战，版图不断扩大，东临海滨，西至甘肃，南到长江，北抵燕山，控制了以黄河流域为中心的整个中原地区，"帝所理天下，南及交趾，北至幽陵，西至流沙，东及蟠木"。可见当时黄帝的兵威，已经超出黄河流域，达到长江流域、淮河流域即周围夷族及黎苗族活动的范围，形成了黄河流域和江淮地区领袖群伦的大邦国雏形，为中华民族的最初发展积蕴了辽阔的发展空间。

以此为基础，上古先民的活动地域愈益扩展。成书于战国的《尚书·禹贡》，把天下分为九州，战国末期成书的《吕氏春秋》更对九州的地望有确切的划分："何谓九州？河汉之间为豫州，周也……"至少在战国时期，先民已在北至燕山山脉，南到五岭，青藏高原以东的广大地区栖息生养，面积当在三百万平方公里左右，这是自上古以来中华先民所着力开发的地段。尼罗河流域的不到四万平方公里，两河流域的几万平方公里，希腊文化狭小的克里特岛和伯罗奔尼撒半岛的滨海小平原与之相比，简直不可相提并论。即便是较大区域的印度文化，也局限在印度河流域的哈喇吧和莫恒大罗周围十余万平方公里地区，更不必言囿于中美洲山地和丛林中的玛雅文化和阿兹特克文化。

想到先民创造的丰功伟绩，感叹于黄帝部落给中华民族开拓的广阔地域，为中华文化的滋生繁衍提供的阔达天地。我感到自己在黄帝的麾下正远征异域，金戈铁马，烈烈黄土，奋勇作战。那是一个民族豪情万丈的时期，是一个开疆拓土的时代，一切都充满了生机，广阔的地域、繁复的地貌、丰富的气候、纵横的江河、丰饶的土地。此刻，我的心里盛满了自豪和信心。

眼前，黄帝陵只是一方土冢，一座轩辕庙，周围郁郁苍苍的松柏林，在秋日的阳光下增添了些许肃穆和凝重。黄土掩埋了黄帝的灵魂，但黄帝的灵魂释放的万丈光芒却足以照耀整整一个民族的未来。

西坡读陶

走在田野中，一层层颜色迥异的土层告诉我，这里曾经活跃着一群逐渐萌生灵智的先民。这里是西坡遗址，黄帝部落的一个聚集地，这只是已经挖掘出的许多遗址中的一个。

展现在眼前的是西坡遗址出土的各种色彩纷呈的陶器，这些浅棕色或淡红色的各种形状的陶器上，简单质朴流畅的线条，勾画出鹿、鸟、鱼的形状，甚至还有个别器物仿造动物的形象。拙朴简单的线条所绘出的内容，无不显示了黄帝时代我们的先民生活中与动物的密切关系。

一种强烈的熟悉的生活气息深深感染着我，我抑制不住内心的激动与兴奋，仔细解读这一个个古老而鲜活的陶器。我知道，这些简单的图案就是我们华夏文明的神秘密码。

葱茏茂密的森林中，空气里弥漫着紧张的气氛，一阵疾风掠过，草木一晃，一头庞大的野猪猛然蹿出草丛，我惊了一身冷汗。就在我惊愕之余，"嘟——"的一声长长的口哨响起，周围霍然冒出了几十个身材高大形似野人的人。他们光着膀子，腰际间只挂着一串用树叶连成的短裙，光光的黑脚板，带头的是黄帝，他的手腕脚脖上还戴着一串用象牙和兽骨缀成的链子。他们高呼着，兴奋着，拉着长长的调子，手里拿着各种形状的石制武器，追赶着那头逃窜的野猪。包围圈愈来愈小，最后野猪在飞石乱箭中成了囊中之物。黄帝和先民们高兴地欢呼起来，扛起那头野猪，满载而去。或许紧接着又是下一场的围猎。而我，站在一旁远远地观望，刚才的一幕让我惊魂未定。这就是我们的先民在黄帝的带领下围猎的情景。运气好的话，还能有所收获，运气不好的话，部落将会面临饥饿的威胁。只是，黄帝在捕猎的过程中，渐渐熟悉了各种动物的生活习性，他们于狩猎之外，尝试着进行圈养畜牧，畜牧业便渐渐开始了发展。那时，他们的家畜之中，最多的是猪和狗，而在中国农村，所谓的"无豕不成家"的习惯，也由来已久。

相对于狩猎来说，捕鱼就没有那么惊险了。在清澈宽阔的河面上，先民们先徒手抓鱼，接着尝试用树枝叉鱼，再到撒网捕鱼，再到后来发明了舟楫，可以划着船儿进行撒网捕鱼。先民捕鱼的手段和使用的工具在实践劳作中不断进化，渔业也从此开始发展。我们的先民喜爱鱼崇拜鱼，就把鱼奉作部落的图腾加以崇拜，各种陶器上总把人与鱼相组合画在一起。今天我们还无法知道它的真实含义，无论先民们用这种图案表达什么思想意识，能够把如此丰富的社会内容凝聚于绘画艺术之中，这实在令人惊叹。

陶器最初是作为重要的生活用具而被发明出来的，人们用它来盛装东西，烹煮食物或者祭祀。而彩陶的出现，说明先民对陶器的制作已经远远超出了使用的范围，达到了一种审美的境界。九十多年前，瑞典地质学家安特生用他那双粗大的手，揭开了史前时期文化的面纱，触摸到了中华文明的起源。在三门峡渑池县仰韶村首次发现的以彩陶为主要标志的远古文化，便被称为"仰韶文化"。我毫不吃惊，因为仰韶村距离我们这里不过七十公里，那也是先民活动的区域。

彩陶是仰韶文化的典型标志物，代表了黄帝时期已经实现了从渔猎向农耕的过渡。难怪许多学者又称仰韶文化为"彩陶文化"。中国的彩陶文化，发源于黄河的中段，随后在漫长的岁月中沿着黄河流域向东、西两个方向不断传播。东面甚至到达了东部沿海，西面一直延伸到了甘肃、青海地区。农耕文明的脚步跨越了整个黄河流域。

黄帝部落修葺房屋，驯养家畜，种植五谷，定居了下来。随着部落和生活范围的不断扩大，人们生活的内容也日益丰富，黄帝还别尊卑，定礼乐，创官、财产、嫁娶和丧葬等制度。他们一起摸索实践，不断发明创造：为了改变远古时代结绳记事的笨法子，黄帝就叫他的史官仓颉创造了文字；黄帝因为看到人们患病的痛苦，就组织一支通晓医药的队伍，如岐伯、雷公等，著成《黄帝内经》，其中记载的就有我们至今仍在使用的针灸疗法。为了校正当时鼓等各种乐器的声音，黄帝就命令一个名叫伶伦的乐官发明了音律，使得各种乐器能够十分和谐地演奏。黄帝与他的子民们在这里"筚路蓝缕，以启山河"，创造出独具风格、丰富多彩的中华文化，这里是我们华夏文明的渊薮。

黄土高原上，阳光渐渐变得清冷起来。那燃烧在每一个部落里的一堆堆圣火，仍经久不熄。火堆旁，一群粗犷雄放的先民，有的在打制农器，有的在用陶器烧饭，有的烧烤猎物，有的载歌载舞，一股热流扑面而来。一种祥和的气氛使我热泪盈眶。

源远流长

深秋的午后，一丝丝的凉意不经意地袭来。看到黄帝陵前广场一角有对夫妇在扬谷子，男的用木锨扬起谷子，女的在一旁弯着腰端起扫帚，轻轻掠去浮在上面的谷糠，一锨又一锨，一掠又一掠……熟悉的场景，从遥远的记忆里浮现："炎炎的酷日，乡亲在收割着庄稼，远处缓缓走来几个妇女和孩子，他们提着篮子，抱着陶罐来送水送饭，大家在忙碌紧张中欢声笑语。黄帝挺起晒得黑黝黝的脊梁，用臂膀抹了把汗，看着眼前丰收的庄稼，露出了欣慰的笑容。"守着这片黄土地的人，几千年来一直坚守着这份贫瘠的希望，让人感觉到那种沉甸甸的厚实。我心里升腾起缕缕暖意。

文明的血脉几千年来汩汩奔腾，从未中断。它一路走来，汇聚千流，吸纳百川，如水一样的灵动包容与源远流长。世界四大文明古国中，只有中国的文明传统如今依然生生不息。其他三大文明古国，古埃及、古巴比伦、古印度都是由于外族的入侵而失去了独立，文明从此断流。公元前3000年，来自两河流域西北部操闪米特语的诸游牧部落相继侵入美索不达米亚；公元前729年，巴比伦国被亚述人所灭；公元前1720到公元前1570年，埃及被来自西亚的游牧部落西科索斯人征服；同时期，印度河流域的哈拉巴文明被北方的游牧部落雅利安人摧毁。

由于地域的狭小，这些古文明的根须还未来得及扎牢，一遇到风吹草动，就很容易夭折中断。而诞生于黄河流域的中华文明，领域广大，腹里纵深。回旋土地开阔，气候条件多样，是其他古老文化的发祥地所难以比拟的。中华文化滋生地拥有黄河流域和长江流域这两大活动区域，并且岭南的珠江流域，闽南滨海地带、云贵高原、台湾、海南岛，更增添了这一回旋区间的丰富性和广阔性。寥远的地域不仅为中华文化的生存提供了广阔的空间，更为其在受到外族侵袭时提供了更多的回旋余地。

靠近北方游牧区的黄河流域，一旦长城被突破，就可能被游牧民族所征服。历史上这样的大戏曾一场场地上演，黄河两岸忽而是田园牧歌，忽而是胡马奔驰，农耕人和游牧人在黄河流域为争夺生存空间进行了数千年的战争。而"长江天堑"便成为农耕人的最后防线，拥有巨大经济潜力的长江流域为农耕文明提供了退守、复兴的基地，这是中华文化延绵不绝的重要原因。

想到黄帝为中华文明的延绵开拓的广阔疆域，崇敬之情油然而生。

同样重要的是，黄帝时代形成的文化根基为中华文化的发展提供了优良的文明因子，这就是中华文化内在的稳定、厚实、质朴及善于吸收和融合外来文明的特质。

赵武灵王"变俗胡服，习骑射"使赵国迅速强大起来。汉代开辟丝绸之路，广采博取中亚、西亚游牧文化及绿洲文化的成果。唐代承魏晋南北朝以来汉文化融合之势，焕发了新的生命活力，是构成唐代昌盛繁荣的动力之一，正如唐太宗宣称："自古夷狄亦人耳，其情与中夏不殊。人主患德泽不加，不必猜忌异类。盖德泽洽，则四夷可使如一家。"这种盛唐精神显示了农耕文明接纳游牧文明的气度。

历史上强大的游牧部落，无论是蒙古的铁蹄还是女真的强虏，在漫长历史长河中都犹如一道闪电，消失在博大精深的中华文化中。外族入侵，并不能彻底征服中华，反之，外族文化却会渐渐被同化。强如印度的佛教，也并没有涤除儒家思想，而是两家渐渐融合，两者并存。文化之间的交融，让中华文化迎来了一次次的新生。

而其他的古老文明，则经历了另一种命运。希腊是西方文明的始祖，希腊在被罗马人灭亡之后，其思想文化文明及其信仰被洗涤一空，完全是新生的罗马方式，之后罗马被日耳曼人所灭，又复从前。这里所灭的不仅是种族，更是一种文化文明的覆灭。

要离开了，广场一角那对扬谷子的夫妇还在忙碌着。我们过去打了个招呼，问今年的谷子收成还可以吧。他们憨厚地摇摇头说，每年的收成还抵不上给田里上化肥的投资呢。我们不解地问，那你们还种什么地，不是越种越赔吗？听到此，他们反问道，我们农民不种地干啥？让地荒着，会造孽的。不管种啥，收多收少，就图个心里踏实些。说完，又憨厚地笑了笑。我又问，平时来黄帝陵的人多不？他们说，平时挺冷清的，不过到了每年农历二月初九，这里要举行庙会，这天是黄帝的诞辰，特别热闹的，还有我国台湾以及一些外国的华人都要来祭祖。说着，他的脸上不觉间露出了一些自豪。

树因根而茂盛，人有根而生存，一个国家与民族因根而焕发蓬勃的生命力。这个根，就是优秀的中华文化。一个民族的优秀文化，就是这个民族的灵魂，它如高高飘扬的旗帜，增强了民族内在的凝聚力。五千年来的厚重文化，生生不息地滋养着中华民族的庞大根脉，并滋生出许许多多的根系，蔓延深扎于每一寸黄土中。而今天，我们民族要复兴，要凭借自己的勤劳、勇敢、智慧，建设民族和睦共处的美好家园，培育历久弥新的优秀文化，其内在力量就是中华人文始祖黄帝所创造的华夏文化。

回来的路上，看到公路两旁堆满了收获的庄稼，不时有几个人拉着满载庄稼的架子车从我们身旁经过，田间地头还有辛勤耕地的乡亲。那犁头，在这片黄土地上不知耕耘了几多春秋，田地上新翻的垄垄湿土应该熟识它的犁脚。这架子车，也不知载过了多少庄稼，阡陌上纵横的辙印应该数得清它的来回。一个又一个村庄从我们身边闪过，远古那温馨的画面不断在眼前浮现。我想，不管是以前，还是现在、将来，这片黄土地上，生生不息繁衍着的永远是这不老的文明。

(原载《莽原》2013年12月增刊)

函谷沧然

苍穹之下，群山沉默。静静的弘农河在阳光下泛着点点碎光，好似无数的水银滚动在水面。河两岸，杂乱地散落着一些乱石瓦砾，荒草在疯长着。

我行走于旁，在这个秋日的清晨。

秋风飒飒，从山坡上呼啸而过。我突然被绊了个趔趄，低头一看，竟是一块残破的瓦片。我弯腰拾起，拂去上面的泥土，仔细打量，那斑驳的泥痕依然遮掩不住藏青的本色，隐约中泛着一丝暗红。残缺的边缘上，断断续续的花纹还依稀可辨。我的心不觉顿然一惊。

我默然良久。一切无语，沉寂。这该不会是一块汉瓦吧？细听，耳边的风似乎也屏住了气息。抬眼望去，微波粼粼。倏尔，波动的水面斜射出一道犀利的亮光，直刺天空。瞬间，我打了一个激灵。想起了刀光，想起了剑影，想起了那个遥远的血腥时代。不觉间，手中的这块瓦砾也似乎沉重了起来。

又一阵风从耳边呼啸而过。静静的弘农河依然从容地向北流着，河水哗哗的响声，好似万马齐喑，深远而浑厚。

我行走于旁，静默着，莫名的思绪也仿佛受了某种暗示而滞留不前。我知道，秋日里，正适合到那里看看，去看看函谷关。

高大的红漆门楼，赫然的太极八卦图案，稀稀疏疏的几个行人。函谷关，就这样站在了我面前。这一切，令我始料不及。

努力地搜索着十八年前的记忆：黄土高原下的王垛村，随意陈列在这里。偶尔，传来一两声鸡叫，或者猛然从小巷中蹿出一条黄狗来，向你狂吠两声，然后用陌生的眼神打量着你。

还是这几间普通的小庙（太初宫），静静地守在村子的角落，同其他民舍一样。如果不去仔细打量它建筑格局的话，还以为它就是寻常人家。

如今，新刷的红漆大门，闪耀着鲜艳的光彩。两旁高大的仿古建筑，昭示着一种古老的回归。一股股现代的气息还是这样强烈地迎面扑来，这一切，让我感到有点措手不及，就如一个山里人，突然间站在一座豪华的酒店面前。此时的我，怯怯地远远地绕过函谷关的正大门，顺着那奔流的弘农河，一路向北径直走去。

关楼

函谷关关楼赫然映入我的眼帘。

远望,高几十米的城墙横亘在南北陡峭的两峰之间。正中留有两个门洞,洞上石碣上刻着"函谷关"三个大字。门洞上矗立着两座三层高的城楼,其实还算雄伟,却少了想象中的味道。

十几年前,这里曾是一片荒芜,杂草丛生。那座从春秋战国时期就屹立在此的关楼,不知经过了多少战火的洗礼,几经修葺,最后还是在历史的某一个断点,摇摇欲坠,惶然倾颓,化为历史的须臾。眼前,所能寻找的,它的尸骸残骨恐怕也早已幻化为一抔抔黄土了吧。

而今的关楼是政府在1992年重修的仿汉建筑。既然是仿造,给人的感受,也只能停留在"仿"字上。虽然现在关楼的规模比历史遗迹中的照片气势恢宏多了,但我知道,历史中有些东西是永远复制不了的。

走到关楼前,拾级而上,青灰的方砖砌成了宽厚的城墙。仅十几年的风吹日蚀,就使这些藏青的方砖锈满青苔。诚然,对于这积蕴了几千年厚韵的古关重地,那些仿制的方砖毕竟太单薄了,它们怎么能经受得起这漫漫历史厚重气息的侵蚀?

依城墙而立,远眺东方。远山绵延起伏,雾岚迷蒙。山脚下，弘农河似一条白练，静静流入黄河。随即就被那浑黄的河水毫不客气地裹挟着，向东飞速而逝。

突然，耳边传来风吹幡动的猎猎声响。回头细看，只见那些写有简体字的"函谷关"字样的旗幡，竖在关楼上，在风中招摇。此时心中有种别样的感觉，就如是一出古装戏中，冷不丁冒出一个着西装的人来。我知道，此关楼不是彼关楼，函谷关的关楼早已被项羽的属下黥布烧得干净。当年的项羽，浴血奋战，攻克了这固若金汤的函谷关，可结果，却落得个霸王别姬，饮恨乌江的千古遗憾。项羽的史册上，函谷关给他涂上了重重的一笔浓彩。

想想，几千年前的此时此地，这里正万马齐喑，刀光剑影，杀气冲天，血流漂橹。弘农河，怎想让曾经见证的那一幕幕在眼前重现？那一声声叹息，那一声声无奈，又怎能抵挡住历史滚滚向前的车轮！轻翻史册，那短短的几行黑字白纸的记载，似乎还在涌动着一种浓浓的血腥味。

放眼尽望，关楼周围满眼葱郁的树木早已不是当年的桃林了。可以想象，当年从函谷关往西到华阴潼关三百里桃林，每年春里，那景观该是何等的壮观！"高出云表，幽谷密邃，深林茂木，白日成昏。"灵宝隋时称桃林县，因夸父逐日的壮举而涂抹上了一层神秘的色彩。当年夸父逐日，渴饮河渭，河渭不足，北饮大泽，未至，道渴而死。夸父化作了一道山，山在灵宝，他所弃的杖，就是桃林。而今，只有长叹一声了。

岑参在《函谷关歌，送刘评事使关西》中写道："君不见古函谷关，崩城毁壁至今在。树根草蔓遮古道，空谷千年常不改。"站在新建的关楼上，细数关楼的每一块青砖，我奢望地寻找着，企图能从那小小裂缝的残损中，找寻历史在古老苍穹下一直未曾断唱的隐秘气息，为我的解读寻得那么一两个注脚。可，我却清楚地知道，古老的东西早已消逝殆尽，中原的许多古迹都是这样。

突然，关楼的广场上空扑扑棱棱飞蹿出一群白色的鸽子。诧异之际，只见广场右侧搭建着几个凉棚小摊，游客在这里可以买一二小碟鸽食来喂。一种说不出的感觉涌上心头。这里东临弘农绝涧，西据衡岭高原，南依巍巍秦岭，北接滔滔黄河，有诗曰："天开函谷壮关中，万谷惊尘向北空。"这里曾是东西交通的咽喉，这里曾是战马嘶鸣的古战场。而今，眼前的这些鸽子，绝对早已闻不到千百年前那浓烈的血腥气息了。它们仅知道的，就是在远处高处观望着，伺机抢得一口吃食，然后欢叫几声，在空中回旋一个漂亮的舞步。

古道

失望之余，转回身，向西眺望。秋日里，那条崤函古道在葱郁的绿树丛中，如细线般钻入山中，隐没行迹。

太阳渐渐热辣起来，云雾渐渐消散。走进古道，顿觉一阵凉意。碎石黄土铺就的小路,如历史一样斑驳曲折。有游客骑着马,嗒嗒地走过。再往前,就隐入了绿荫,蹄声也就模糊了。

道路蜿蜒曲折,崎岖狭窄,空谷幽深,人行其中,如入函中,关道两侧,绝壁陡起,峰岩林立,地势险恶,地貌森然。古书上说,函谷关道"车不分轨,马不并鞍""一泥丸而东封函谷",今日一见,并非虚言。

默默行走在这千年古道中,掩映的树木筛漏下斑驳的阳光,照在身上,恍惚间如无数个白天黑夜在眼前交替。此时古道寂静无声,只传来脚下沙沙的响声,仿佛是历史深处发出来的朦胧声音。

不觉间已走了二里多路,眼前,是一道木栅大门拦住了去路。木栅门那边,没了碎石铺就的平整小路,只有一人多高的荒草疯长着。我侧身从木栅门翻越过去,杂草阻挡,我小心地用臂膀把蒿草拢到一边,向前探身移步。忽然几只蟋蟀从头顶跳过,我欣喜,原来这里竟成了它们的乐土。忽闻头顶有几声人语,抬头一看,原来是两边陡峭的山崖上新近架起的高速公路上有几个行人,正在高声说话。看看头顶的高速公路,它让昔日的天堑变为通途;再看看脚下的古道,它曾是连接着那个时代东西的咽喉。而今,它老了,该歇息了,就在这里。很少有人知道它的沧桑,就如很少有人能预计它的将来。心头的沉重,在这一刻蓄得满满的。

往回走着,脚下的声响渐大,恍惚间,传来一声炮响,顿时,那树丛杂草高处竖起无数战旗,喊声震天,箭如飞蝗……

公元前318年,楚、赵、魏、韩、燕五国联合攻打秦国。一样的阳光照在秦兵寒森森的铁甲上,反射着刺眼的亮光。两阵相对,凛凛杀气,战马齐喑,旌旗在寒风中猎猎作响。一声雷鸣般的吼声,顿时杀声震天,顷刻,眼前只剩下一片"伏尸百万,流血漂橹"的惨状。

公元前247年,秦军伐魏,信陵君统率五国联军反击,秦被迫退回函谷关。联军在此天险面前无力破关,束手无策,只得长叹一声,率兵而回。

…………

"一夫当关,万夫莫开"的函谷关在战国时代似乎就是天下的象征,七国争雄,六国始终未能攻克此处天险,而秦的百万铁甲正是东出函谷关,成就了始皇天下一统的霸业,真是"一将功成万骨枯,始皇霸业仗函谷"。

两千多年来,函谷关历经了七雄争霸、楚汉相争、安史之乱的狼烟弥漫,也承受了李自成起义、辛亥革命、抗日战争的烽火洗礼……

"双峰高耸太河旁,自古函谷一战场。"哪一次风雨血晦,函谷关这块土地上不是饱浸着血泪的凄惨与壮烈?也许只有它,经历过了,才会懂得;只有懂得了,才如此沉默!

踏在函谷关的每一寸土地上,我似乎能感受到浸渍在黄土里的那一份热血的余温;行走在函谷关的每一棵草、树旁,我仿佛能倾听到那一声声烈马的嘶叫,那浑厚而辽远的战鼓声似乎还在冲荡着苍凉的空气……

行走着,脚下也愈来愈迟缓,眼前,古道正蜿蜒延伸,我感觉古道更深更远处正散发那遥远时代的神秘。几千年来,在那个交通极不便利的时代,这条沧桑的古道起着多么重要的作用。多少个白日黑夜,多少匹驿马的铁蹄,肩负着神圣的使命,从这里匆匆慷然而去。它如一条经久不息的动脉,连通着东西军事文化的交流,滋养着历史的勃勃发展。没有了它,充盈的历史不知要萎缩成什么样。而今,刀光剑影早已暗淡,鼓角争鸣已飘然远逝,滚滚硝烟也已消散,我却依然感受到了两千多年前的惊涛骇浪!

鸡鸣台

沿古道拾级而上,我径直来到了鸡鸣台——高埠上的一处弹丸之地而已。开发之前,只是一些乱石碎砖砌成窄窄的阶台。而现在,用水泥和石头砌成宽阔的石阶,琉璃瓦装饰的亭子也屹立在高埠上。"鸡鸣狗盗"的典故便出于此。

鸡鸣台又叫田文台,传说这里就是当年齐国孟尝君田文的食客学鸡叫的地方。当孟尝君的门客盗得狐裘,送给了秦昭王的妃子后,他立即率领手下人连夜偷偷骑马向东快奔。到了函谷关,正是半夜。按秦国法规,函谷关每天鸡叫才开门,半夜时候,鸡怎么可能叫呢?大家正犯愁时,只听见几声"喔喔喔"的雄鸡啼鸣,接着,关外的雄鸡都打鸣了。原来,另一个门客会学鸡叫,而鸡们只要听到第一声啼叫就会立刻跟着叫起来。怎么还没睡踏实鸡就叫了呢?守关的士兵虽然觉得奇怪,但也只得起来打开关门,放他们出去。

听着那录制的嘹亮的鸡鸣声时不时传来,我似乎回到了两千多年前那个漆黑的凌晨,食客拿捏着喉咙与鼻子,发出悠长的鸡鸣声,倏尔,引得关外金鸡齐鸣。片刻之后,"吱呀"一声,那沉重的关门缓缓打开。孟尝君终得以脱险出关,等秦王追兵到函谷关时,他早已杳无踪影了。

昔日的鸡鸣狗盗之举,谁也没想到紧跟着又上演了一场血腥之战。历史的偶然抑或必然,我们暂且不去穷究了。如果孟尝君当初出不了关,那自然免不了杀头之祸。那么齐国的历史恐怕也就要重新撰写了,战国七雄恐怕就变成六雄了吧。一个历史上的小人物,一次出人意料的偶然,便造就了英雄,也撰写了历史。在岁月的长河中,有多少这样的小人物在历史前进的道路上,起着推波助澜的作用,我们不敢细数,又如何计算得清楚?

而今的鸡鸣台,也成了游客娱乐的热点地段。换一摞硬币朝着孟尝君塑像胸前并拢的手心投去,投中即可传来几声雄鸡啼鸣的声音。据说,如能投中,听到鸡鸣之声,便会给人带来吉运。其实,如今的关楼早已摆脱了传说的影子。鸡鸣仍然在高亢地叫着,关楼依然在敞开着,过往的人依然来来往往。

站在穿越了千年时光的鸡鸣台,心中有种说不出的复杂感情,这一方厚重的高埠上埋藏着多少神秘的故事啊!唐朝皮日休在《古函谷关》中写道:"破落古关城,犹能扼帝京。今朝行客过,不待晓鸡鸣。"昔年曾是江南客,此日初为关外心。独坐在关楼上,仿若当年的关吏,只不过,再也没人要过关了。

太初宫

"西望瑶池降王母,东来紫气满函关。"如果说函谷关仅仅是一处军事要地,那么它就无法在历史的时空上留下夺目的光彩。作为道教文化的发祥地,老子著述《道德经》的地方,它又蕴含着深厚的文化底蕴,滋养着中华文化的蓬勃发展。

史书记载,函谷关关令尹喜精通天象学问,有一日,他望见东方有一团紫气升腾,祥云缭绕,一轮红日喷薄而出,万道霞光辉映山川。他心喜,知道必有圣人经过。于是整日恭候,果然有一位皓首长髯身穿黄袍的老者骑着青牛自东方徐徐而来,此人就是老子。尹喜盛情款待老子,恳请其著书立说。老子欣然应允。

月朗星稀之夜,一盏灯光熠熠闪烁在太初宫的墙壁上。一个皓发白须的睿智老人坐在窗前,轻展竹简,从容沉思。

墨笔点点，字字珠玑。洋洋洒洒五千言，千古奇书《道德经》一挥而就。几千年来，其中深邃的思想不知沐浴了多少求知的心灵，睿智的话语不知点化过多少愚钝的头脑，连德国哲学家尼采都说："《道德经》像一口永不枯竭的井泉，满载宝藏，放下汲桶，唾手可得。"美国前总统里根曾引用老子的"治大国若烹小鲜"来阐述他的治国方略。老子作为周王朝的图书馆馆长，博览群书。智慧浓缩的短短的五千言，博大精深，蕴含丰富，真知灼见，在今天，依然闪耀着智慧的火花与灵气。

太初宫前，香雾缭绕，香客们都在虔诚礼拜。孩子突然问我，中间供奉的那位神像是老子吗？我告诉孩子，中间的那位是老子，但他不是神，是一位很有智慧的老爷爷。我想，当我们真正能透过那些耀眼的光彩，心里更会产生一种可触可接近的感觉，这样或许会更容易走近吧。

眼前香客熙攘的太初宫，是当年老子著《道德经》的地方。太初宫始建于西周，现存太初宫主殿建于唐以前，元、明、清各代均有修葺。千百年来，众多海内外道教人士都来这里朝圣祭祖。谁能想到，当年的一团祥瑞的紫气，当年尹喜的恳切邀请，便带来了道家之祖老子洋洋洒洒五千言的《道德经》，把函谷关浸渍在道教的圣光之中，永远是那样鲜活光彩。

昭昭烈日之下，总感觉有一个浑厚而洪亮的声音从远处传来：

"道可道，非常道；名可名，非常名。""上善若水。水善利万物而不争，处众人之所恶，故几于道。""大直若屈，大巧若拙，大辩若讷。""信言不美，美言不信。善者不辩，辩者不善。"……隐约而清晰，似智者的娓娓劝诫，又似孩童的琅琅之声。久久，响彻耳际，沐浴着干涸的心灵，超度着疲惫的灵魂。

我们今天所提倡的"科学发展观""和谐社会"等，仔细思量，其中的理论依据，真要向前追溯的话，那么，在短短的五千言中所蕴含的朴素观念，不就是最初的源头活水吗？

《道德经》是老子在函谷关留下的一份珍贵无比的文化瑰宝，不管时光如何变迁，不管历史风尘如何蒙盖，它依然散发出熠熠夺目的光彩。在太初宫中老子的塑像前虔诚膜拜，想象着老子当年著书立说时的道骨仙风，我仿佛沿着一条明澈的精神隧道，汲取着古老的哲学营养，注解着过去，畅想着未来。

紫气东来，带来了文化的丰蕴与厚重；黄河入海，冲走了历史的浮华与血雨。函谷关，你静静地矗立在古老的弘农河畔，不知倾听了历史的多少次悲欢离合，不知铭记了流年里多少轮回的繁华兴衰，可，你沉然不语，如这古道般沉默与沧然！因为你懂得，只有穿越世事的浮华，岁月才会散发出迷人的芳香！

要驱车离开了，回头远望，函谷关关楼隐没在一片葱茏之中，我知道，那片葱茏的深处，古道犹如汩汩流动的血脉，依然滋养着辉煌与沧桑，曾经与现在！

（原载《黄河文学》2010年第8期）